GAEA

Gaea

超惡意財神 1

林明亞——著

超惡意財神 1

目錄

本故事發生於與現實世界極度相似的架空世界，劇情純屬虛構，如有雷同實屬巧合。

第 1 章

歐陽姓車手

山中小廟。

廟的規模並不大，冷清，沒有信眾，甚至沒有人。

供奉財神。

廟的四周被不知名的樹木包圍，形成一種落魄戶卻受眾星拱月的矛盾不協調感，滿滿的落葉宛若綠色與黃色的雨，淹沒視線所及的每一個角落，偶爾有一陣風颳來，才能顯現部分廟埕的地磚，但用不了多久，飄落的葉又會將缺失的部分填滿。

廟的大門前，此時停著兩輛摩托車。

廟的寂靜與安詳，被兩個外來男子打破。

「千里迢迢，你就帶我來這種破廟？」

「馬的，嘴巴放乾淨一點。」

歐陽罵了自己的兄弟，卻發現自己的嘴也不是太乾淨，連忙雙手合十朝大殿的方向拜了拜，表示真摯的歉意。

為了更加謹慎且避免對財神不敬的情況再次發生，他決定進廟前先跟這位平時吊兒郎當的換帖兄弟講清楚，在外面要逞凶、要鬥狠都沒關係，不過面對神明要抱持最高的敬意……

尤其是這間廟、這尊神。

「憨支，要不是我們認識十幾年，再加上上回你幫我一把，我絕不可能把這間財神廟告訴你。」

「靠，你上次被七、八個聚合幫的小弟堵在ＫＴＶ，爲了救你我他馬的肩膀被砍一刀，你帶我來這裡郊遊就算報答了喔。」穿著白色汗衫的憨支還刻意拉開領口，展示自己刺在肩膀的白虎被一道刀疤破相的慘狀，「你看，我的老虎都瞎了。」

歐陽臉色一沉，不願在廟前開玩笑，道：「你現在是要跟我計較這些，是不是？」

「好啦、好啦，這麼認眞三洨？你今晚請喝酒，我再替你擋五刀也行啊。」

「總之，正經一點，這是我們家長輩交代下來的財神廟，很靈。」

見到歐陽沒有半點說笑的意思，憨支也不禁好奇地透過小小的廟門望進廟內，但神經大條的他依舊沒有改變態度。

不過憨支轉念一想，位於深山林內的廟宇著實透露著幾分神祕，比起信眾滿滿已經變成觀光景點的大廟，更加有可信度，況且，和歐陽從高中認識到現在，他從來不曾欺騙自己。

「走吧，拜完就快點走，不然天要黑了。」

「嗯。」

相較於憨支體格粗獷、皮膚黝黑、刺龍刺鳳的不羈外表，歐陽顯得相當斯文，中等的體格，神情有些陰鬱，天生膚色就白，像是長時間沒晒太陽，連這聲「嗯」都稍嫌有氣無力，彷彿有一大團名爲憂愁的異物卡在氣管，吐不出、吞不入。

兩人一前一後走進廟門，門可羅雀的廟埕沒有信徒，唯有一名年紀很大的廟公在掃著掃之不盡的落葉，他以一種平凡的站姿，站在漫天飛舞的綠、黃兩色之中，恍若聾了、瞎了，沒察覺到有人進來。

歐陽見怪不怪，直接登上石階走進正殿，憨支跟在後面仍是好奇地四處張望。

直到這個時候，憨支才眞的明白，這間老舊的財神廟究竟有何神奇之處。

整個神龕，包括財神的神像，全部密封在二點五公分厚的防彈玻璃內，周遭更是有毫不掩飾自身存在的防盜系統，壓力感測器、紅外線掃描、夜視監視器等等，其保全能力比起故宮展示的國寶不遑多讓。

但怪異的是，被層層保護的神像，就是一尊普通木雕神像，年代既不久遠，也沒昂貴的黃金金身，憨支甚至認爲防盜系統的價值比整間廟高，一種用黃金盒裝臭大便的概念，荒誕，不可思議。

歐陽依舊是見怪不怪地走著向財神祈福的程序，獻上水果供品，燒香、擲筊、祝禱……憨支雖然乖乖跟著照做，心裡是相當不屑，感到非常可笑。

「希望她身體健康，不要再有任何毛病。」歐陽虔誠地持香拜了三拜，再求，「另外請保佑弟子財運亨通，這張彩劵能夠中獎，千萬，拜託，感激財神爺庇佑。」

憨支一手持香、一手挖著耳屎。

歐陽嘮嘮叨叨對神像求個沒完沒了，等到一截香灰落地才告結束，起身再拜了幾拜，出去正殿將香插入香爐，並慎重地拿出彩劵在裊裊的白煙中繞圈過火，宛若所有的神力皆匯聚在這漸漸淡去的灰霧之中。

「你不跟財神祈求？」回到神像前的歐陽問。

「我喔？我又不愛錢。」憨支還是不太正經。

「你這個爛賭鬼還敢說不愛錢？」

「我是愛打牌沒錯，但麻將比的是腦子跟膽子，這個財神幫不了啦，哈哈哈。」

「最終的目標還不是贏錢。」

「是『贏』，不是『贏錢』，錢這種東西不重要，只要夠讓我進賭場就好。」

「算了，我懶得聽你的歪理。」歐陽用「這傢伙無藥可救」的眼神望向自己兄弟，「既然都來了，就好好跟財神爺談談，不要浪費難得的機會。」

憨支依舊嬉皮笑臉，單手持香，還持得歪歪斜斜，不正經地對神像道：「財神、財神幫幫忙，讓我撿到一百萬……啊，算了，這個難度太高，不然降到二十萬就好，請讓我撿到二十萬吧。」

鼻尖忽然感到有些癢的歐陽已經懶得再講，憨支之所以有這樣的綽號，就是因爲他一向痴傻瘋癲，從來沒個正經的樣子，「走走走，不要在這惹財神爺生氣。」

「哈哈哈。」憨支大笑著將香扔進香爐內，收斂笑意，好奇地問：「我記得芬芬家裡不是很有錢嗎，怎麼不『挪』一些來用用呢？」

「我像那種跟女人拿錢的小白臉？」歐陽的語氣一沉，非常不高興。

「好啦，凶什麼啊？馬子的錢本來就是自己的錢，哪裡講錯？」

「在進去蹲之前，我就已經跟芬芬分手了。」歐陽說完這句話，就靜靜地走出正殿，彷彿再多說任何一個字都會勾起不堪的回憶。

憨支明確感受到目前不能再開任何玩笑，面無表情地跟在自己兄弟後頭，走過廟埕，朝停在廟門外的摩托車而去。

「最近有工作嗎？」歐陽從口袋掏出車鑰匙，忽然嚴肅地問。

畢竟他與世隔絕了整整三年，跟道上的關係斷得差不多，自然也沒有機會接收到新的訊息，而憨支這陣子混得相當不錯，從他長時間窩在賭場都沒有被趕出門就可以判斷得出來。

「你才剛出來……」憨支一愣，心底明白所謂的工作絕不是超商打工或工地搬磚之類的。

「有沒有？」

「我問看看。」

□

歐陽將一個月後才會開獎的彩券摺好，仔細地放進胸前的紅色平安符內。

會中獎。

就算不是上億的大獎，也是二獎、三獎，至少會有個幾百萬。

他非常篤定，就算沒有任何科學依據，依然是如此堅信著，儘管他也無法確切相信的是自己、芬芬，還是山裡的財神。

或許，是他真的很需要一筆錢，所以有個盼頭掛在自己胸前，便會覺得未來還有希望。

歐陽與憨支在賣雞蛋冰的店門口吃冰，吃的都是百香果口味。

雖然說，這是一家店，但實際上沒有店面的規模。

下午時分的傳統市場，一大早就起床做生意的攤販都回家午休補眠了，這間連招牌都沒有的冰店才會拉開鐵捲門，把掛著四個小車輪的冰箱推出來，順手吊起一張紙板，上頭寫著「雞蛋冰乙支十五元，二支三十元」。

「幹你娘的，原來買兩支沒有特價。」憨支現在才發現。

「都快吃完了。」歐陽譏笑。

「十五加十五等於三十，我一年級就會了。」趴在冰箱上頭的店員，聰明伶俐，年紀很輕，穿著國小制服，說起話有幾分小大人的傲氣。

「數學能力比小學生還不如，怎麼敢成天自稱賭神？」歐陽再次嘲諷。

「靠北喔。」

「如果你想要學算術，我可以教你。」孩子笑嘻嘻地說。

「不用了，臭小鬼。」

憨支一口氣將冰吃完，曲起的中指彈出黏膩的竹籤，但運氣不佳沒有彈好，竹籤落在腳邊的一個手提袋上面，他罵著髒話彎腰撿起。

「爸～」充當店員的孩子，此時對提著便當的男人高呼。

休市的巷子內，仍飄著菜葉蔬果腐壞的怪味，整體環境並不算好，時不時能瞧見肥大的老鼠大搖大擺走過，驅之不盡的蒼蠅在水溝邊亂竄，明明下午天氣明媚，陽光卻被髒髒舊舊的遮雨棚擋住，導致滲進來的光線也髒髒舊舊的。

在巷尾的男人聽見兒子的呼喚，加快步伐，認為到現在還沒吃中餐的孩子餓了。

「我剛剛賣掉兩支冰喔。」孩子神氣地邀功。

「先吃便當，客人我來招待。」男人準備進入店內，擔起店長的責任。

「謝謝招待。」憨支將竹籤猛力地插進男人的左耳。

變故突然發生。

男人重傷倒地，耳朵冒出鮮血。

憨支瞧一眼手中斷裂的竹籤，早知道這太脆，不可能順利毀掉他一半的聽力。

不管男人痛苦哀號，憨支拖著他的腿入店內。

歐陽面無表情地將裝滿雞蛋冰的冰箱推進去，然後把鐵捲門迅速拉下。

開燈。

天花板的日光燈一半亮的、一半閃爍，照得男人痛苦扭曲的臉乍青乍白，在劇痛中明白這是怎麼回事，眼前兩位凶神惡煞並非平白無故找上門。

完全不懂發生何事的孩子已經嚇傻，呆站在原處，尿液順著大腿內側流下。

「你欠我們三百七十四萬，該繳了吧。」憨支打開手提袋，拿出一疊銀行的文件，唸了幾句自己也聽不懂的法律宣告，「所以，本司，也就是九聯堂財務管理公司，特派專員收取款項。敝姓憨，請多多指教。」

「不……不……」男人按著仍在流血的耳朵，驚慌地說：「我是欠、欠……」

「你的債主把這筆債務轉賣給我們啦，呵呵，從今以後，就是由我們跟你聯繫。」憨支牽著孩子的手，一同蹲在男人面前，讓這對父子看清楚彼此慘況。

歐陽撿起塑膠袋，發現裡頭只有一個便當，唯一的便當也翻出了大半的飯菜。

「抱歉，我目、目前手上眞的沒有，再過幾天……」男人無助地望向自己的孩子，哀求道：「很快會有一筆一百萬的定存到期。」

憨支一巴掌轟在男人臉上，濺起的血液噴在了自己的白色汗衫上，淡淡地說：「你是想害我多跑一趟嗎？馬的，我的交通費、洗衣費，收你一百萬算了。」

半張臉腫起的男人正要開口求情，但迅猛的一巴掌、兩巴掌、三巴掌又轟過來，憨支露在汗衫外的粗壯上臂威力驚人，如果不是用巴掌而是拳頭，男人早就被活生生打死。

整張臉腫起來，眼皮因為瘀腫擠得雙眼只剩一條線，可悲戚的視線依然是定在自己孩子身上，從頭到尾都沒有挪開。

「提款卡、存摺、密碼統統給我……」憨支的語氣森然，「當然，現金我也要。」

「對不……對不起，實在是……」男人不斷地搖頭，希望對方知道自己真的已是山窮水盡。

「我數三聲，三。」憨支豎起食指、中指、無名指。

「求求你，再、再三天就好……三天……」

「二。」憨支收起無名指。

「你打死我沒用……我死，怎麼還？」

「一。」憨支比著中指。

「讓我跟你、你們老闆談談……拜託……給一次機會……」

「零。」憨支握著拳，上半身旋轉、伸展，手臂弓起，後拉到極限……

砰！

一拳直擊孩子的腹側，僅有二十幾公斤的孩子飛出去，趴在地上先嘔吐幾口胃液，再來嘔出的都是近黑色的血液。

男人目瞪口呆，隨即放聲大哭，連滾帶爬地去抱起自己孩子。

「現金、存摺、提款卡、密碼。」憨支重複數著。

男人痛哭流涕，不斷輕輕揉著孩子的肚子，希望能藉由這樣的動作，將痛楚減輕一點點。

「現在開始來上數學課吧，被我揍一拳可以抵兩萬塊。」憨支站起身來，慢慢走向那對父子，「請問欠了三百七十四萬，需要被揍幾拳？」

男人面帶恐懼地挪屁股後退，一直後退……一直後退……直到背碰到牆壁，已經退無可退，驚慌渙散的雙眼瞥見對方帶來的手提袋內，有刀、棍、機油、鐵鍊，內心更是擔心，自己也就算了，孩子如何承受得了這些凶器？不禁悲從中來，哭得更加狼狽，再無一點尊嚴、再無一點希望。

「放過、放過我兒……」

「錯，哈哈哈哈！答案是無限多拳，因為我只是揍爽的而已。」憨支從手提袋中取出伸縮警棍，一邊走過去、一邊對空氣揮舞幾下當成熱身。

「不……請別這樣，拜託……」

「老實講，你根本沒這個價値啦，揍一拳抵二十塊就不錯了，哪有抵兩萬這麼爽的事？你一定覺得我很雞掰、很不要臉，恨不得我消失對不對？」

「不敢……我不敢……」

「那你就乖乖還錢，我就馬上滾了啊！」憨支怒上眉梢，高舉起凶器就要敲下。

生死一線之際，男人緊閉眼睛，冒著手骨被打斷的風險，死死護住自己的孩子，等到五秒鐘過去，他困惑地張開眼，發現是另一位始終沒說話的男子出手擋下這擊。

「那個便當是給孩子吃的？」歐陽冷冷地問。

「是、是……」

「你吃什麼？」

「他還小……吃不完的。」

「身爲一個男人，我敬佩你保護孩子的勇氣。」歐陽似乎是想到什麼過去的事，臉色肅穆，啞然片刻，道：「我坦白告訴你，這孩子體內出血了，目前是休克狀態，再拖下去必死無疑。」

「……」男人張大嘴，心疼地抱著孩子，眼淚一直落下。

「我曾經貸了就學貸款，念過一學期的醫學院，所以大概看得出來。」歐陽語重心長地勸，「不管是什麼，挖一些有價值的東西出來，讓我們回去交差，我們立刻走，順便替你打電話叫救護車。」

「我……」

「不要讓我失望。」

「在……在櫥櫃的……底下。」

「嗯，謝謝你。」

「……」

「你已經算是不錯的父親了。」歐陽摸摸孩子的臉，像是見到過去的自己。

□

山中小廟。

比起熱門的財神廟，這間立在半山腰的破舊財神廟規模很小，單殿式構造，不要說香火鼎盛了，是連香火都沒有，能夠殘酷地發現駐守在這的財神比信徒還多。

人們對於財神的認知，至少落後一千年，還停留在文財神比干、武財神宋公明的階段。事實上，尤其是這一、兩百年，人類的財富獲得爆炸性的成長，對於金錢的願望也多到天庭不得不廣設財神職缺來因應，卻依然無法紓解財神們的業績壓力。

對於財神來說，財神廟算是居所，也算是工作仲介中心。

他們等待著信徒上門，聆聽各式各樣的願望，然後自行判斷是否要接受。

過去財神身穿金、紅兩色官袍，現在年輕的財神早就不穿官方制服了，有的追求舒適、有的追求時尚，裝扮與一般人差不多，差異在於周身自然放射的祥瑞金光與控制財富流動的神權。

三位財神坐在進入正殿的石階上，其中兩位有一搭沒一搭地聊著，欣賞包圍四周的數十棵茂密老樹落下如雨的葉，體會新生、茁壯乃至凋零的過程，連金光都顯得黯淡，與這間小廟的山牆、出簷、屋脊狀況一樣糟糕。

其中兩位，一老一女，外觀年紀相差二、三十歲，卻以平輩相稱，老的如公園內打太極的老伯伯，神智清楚、聲音洪亮，女的如深宮怨婦，愁眉苦臉、唉聲嘆氣，像是快被壓力擊垮。

最主要的原因正是這間廟的財神有三位，而信眾，也就是廟公，只有一位，正在廟埕掃地，掃著永遠掃不完的落葉。

無人信奉的窘境。

「我這個月的業績還差一半，眞的不知道該怎麼辦了。」女財神雙手抱頭，感覺到原本就不多的髮量變得更少。

外觀如同剛結婚不久隨即放棄妝容的少婦，介於如花似玉與黃臉婆之間。

外貌精神奕奕，老當益壯的老財神撫著白鬚安慰道：「如果這間廟沒人祈求，仲介不到工作，妳得考慮主動出擊。」

女財神翻了白眼。

「我教妳一個訣竅，去一線學府的醫學系或法律系找人，這些未來的醫生、律師皆爲人傑，『財格』深厚，每個月可以承擔五、六十萬沒問題，只要找個十來位，妳的業績自然能達標。」

「你就是在這間破廟過得太安逸了，不知道外面世界的變化，現在不要說是好的大學，連一般的公立高中學生都搶破頭，天資聰慧、努力不怠的孩子早就被其他財神預定，我根本搶不到。」

「原來……競爭已經如此激烈。」

「你眞好，能夠找到『他』，至少五十年的業績無虞。」

「哈哈，僥倖、僥倖，況且，找到他的也不只我一個人。」

老財神得意地哈哈大笑，他算是半退休狀態，等到天時到期就可過著快樂的退休生活，或者是帶著滿滿的福報重新投胎。

旁邊的女財神羨慕地看著掃地的廟公，又有誰會想得到如此純樸的男子竟是上市公司的榮譽董事，光股利收入每年上億，卻依舊感激四十年前創業成功，誠心還願爲這間財神廟奉獻。

「不過我想抱怨一件事……」女財神雙手捧著自己的臉，雙肘撐在雙膝上，喋喋不休：「雖然他一掃就是十五年，實在讓人感動，但爲什麼不替我們這間廟修繕一下？」

老財神笑道：「嫌破啊？」

「廢話，現在都市的廟都已經智慧化了，接受信用卡、第三方支付，並且創粉絲團、經營信徒群組……我們只有快被蛀壞的木屋與空空如也的香油錢筒。」

「他不是花不少錢替我們安裝保全系統嗎？」

「說到這個我更來氣，笨孩子……花這麼多錢去保護一塊爛木頭做什麼？還不如替我們換個金身，閃亮閃亮的，看起來舒坦些。」

「這塊木頭，幾百年歷史，總有些紀念意義吧。」

「不管、不管！你去託夢給他，說要純金打造的金身。」

「哎呀。」

「不然……遷址，對，遷址不錯，最好是搬到市中心去。」

「哎呀呀。」

「你不要發出這種無意義的怪聲！」

兩位財神依然有一搭沒一搭地閒談，沒想到一陣引擎聲破壞了山林寂靜，兩台車檢不會過的廢煙摩托車停在廟門前，頓時連空氣都變得很糟。

一名氣質卓越但五官鬱悶的男人佇在摩托車旁說話，是難得的信徒，神情敬重虔誠，旁邊站著一名看似痴傻的莽漢，渾身刺青，帶著在刀尖討生活的血腥味。

女財神不過望了一眼，快速做出判斷便難掩失望地嘆氣。

這兩人財格如淺碟，就算引不來窮神，未來也難有發財的可能，即便與他們結緣也對自己的業績沒幫助，還得浪費時間照顧。

「我來吧。」一直沒有說話的第三位財神，嘴巴還叼著樹葉，露出大孩子般稚氣的傻笑。

女財神與老財神同時噤聲，不願表達任何意見。

也不知道是怎麼回事，外頭兩名男子還沒踏進門，卻有一位少女捷足先登，手上拿著一片薄石板，宛如在看觀光導覽的觀光客，充滿好奇地對比著文字所寫與眼睛所見的差異。

她很快地走到三位財神之前，輕咳幾聲，雙手按於腹部，禮貌地向前鞠躬，粉紅色的髮絲順勢流瀉，周身如波光粼粼的金芒相當璀璨，挺有朝氣地打了招呼，「前輩們午安，我是見習財神夏迎春，叫我迎春就可以了！」

「啊啊，年輕人的金光好耀眼。」女財神遮住雙眼，開始緬懷自己年輕的時刻。

「妳好、妳好，見習財神怎麼會跑到我們這種小廟來？」老財神關心地問。

「當然是拜師學藝。」名為迎春的少女天眞地回答。

「呵呵，我們這裡，要嘛是半退休的、要嘛是業績不達標的、要嘛是……」老財神的話說到一半，笑容漸漸凝固……

「要嘛是……盡心盡力，為天庭犧牲奉獻，拋頭顱灑熱血在所不惜的。」第三位財神接著說，微笑。

「一定有什麼地方搞錯了！」女財神陡然拉高音量。

迎春有點意外大家的反應，喏喏地詢問：「請問……哪一位是……」

「找阿爺吧？就是我，我就是阿爺。」第三位財神親切地揮手，好用力、好熱情。

阿爺這個名字雖然怪裡怪氣，但外表卻相當年輕，五官端正，身材比例佳，灰黑色的雅痞風西裝，給人不拘小節、充滿抱負的感覺，方頭的皮鞋，象徵他的俐落與腳踏實地，整體的形象極似剛出社會的高材生，談吐自信、游刃有餘。

比較奇特的地方，就是胸口那條紅色的領帶，細細長長，快拖到腰間，像極七爺八爺的舌頭。

迎春除了那頭像淺紫色又像蛋白色的粉紅色髮絲比較特別，其餘身上的外套、短裙，耳垂的單邊耳環，鼻梁的半框眼鏡，裹住雙腿的黑色褲襪都很平凡，身高偏矮，比較豐匀，雖然不太起眼，卻會是男生喜歡的那種溫柔女孩。

「前輩，你好，我是迎春，這段時間請多多指教。」迎春再次鞠躬，雙手遞出一塊薄石板。

阿爺接過，連看都沒有多看一眼，以食指沾了自身發出的金光，迅速簽下正式神諱，薄石板旋即散為點點金光，往至高的天空逆流而上。

女財神與老財神根本來不及出聲阻止，締結的契約就已經完成。

「ＯＫ，我告訴妳，身為財神的第一要務，就是努力不懈，要為人們謀福利、求幸福，懂了吧？」

「……懂了。」迎春根本還沒進入狀況。

「很好，現在剛好有兩個信徒上門，我們馬上開工。」阿爺雙手振臂，氣勢高漲。

「阿爺……你要適可而止。」女財神苦勸。

「不要以為天庭永遠不會知道你的所作所為。」老財神不屑地說，連正眼都不瞧。

「欸，你們一個福報圓滿、一個還年輕，哪像我……從這間破廟還是幾根木材的時候就駐守了，至今業績不足、功德淺薄。天庭就是見我可憐，特別給我一個指導新人的工作來累積福報，你們幹嘛把我說成這樣？」阿爺委屈地垂下略粗的眉毛。

見他們無話可說，便帶著迎春走進正殿，準備接受信眾的祈求。

老財神睜大眼睛，額頭的皺紋滿布，「妳知道……我擔任財神四百年，自認做得最好的善事是什麼嗎？」

「什麼？」女財神抬頭問。

「就是將他。」老財神緩緩舉起手，指向還在掃地的廟公，「從阿爺的手上……

救出來。」

□

正殿。

不大，方方正正的，沒有多餘的格局。

擠著兩人兩神，已經沒有多少空間。

歐陽與憨支在閒聊，正常情況下的凡人之眼是瞧不見神明的，於是他們如入無人之境，該說的廢話、不該罵的髒話全部被阿爺和迎春聽見。

迎春站在神桌邊，細薄的眉有一點上揚，不喜歡口無遮掩的人。

阿爺就大剌剌地坐在神像之上、防彈玻璃櫃之上，雙腳張開，自在地晃動，腳趾勾著快墜落的皮鞋，由高而下俯視有所求的兩位信徒……

「應該只有一位信徒。」阿爺對著實習生說：「長得帥的是，刺青的不是。」

「是的。」迎春點頭。

「我告訴妳，要當一位敬業的財神，首先要有一視同仁的心胸，信我者幫之，不信我者愛之。根據財神學術研究會提出的專業研究資料，其實進入財神廟的人，百分之六十五都沒有將財神當作唯一主神。」

「原來如此。」

「我們身爲平衡人間機運與財富的神祇之一，不能因爲對方長得比較醜、比較會罵髒話，就不給他財運。」

「我明白了，財神是否給予財運，還是得看信徒的財格。」

「沒有錯，妳在成爲財神之後，也會有所謂的業績壓力。」

「前輩，這裡我有一個問題不太懂。」迎春高高地舉起了手，還偷偷踮高腳尖。

「好，請說。」阿爺打了一個響指。

「天庭每一個月會給予每位財神一個額度，也是大家都苦惱的業績，關於這點，我有個關鍵的地方不明白。」

「哪個地方？」

「我先用人間的貨幣觀念來說明，假設我們每個月得給出一千萬的額度，爲什麼我們不乾脆全部塞給一個人，直接讓業績達標算了？」迎春的學習能力很強，很快就進入狀況。

「這就牽扯到妳剛剛說的財格，如果他的財格每個月只能容納五十萬，我們將一千萬塞給他，會造成物極必反的效果。」阿爺循循善誘地說：「我們時不時就能在電視新聞上看到，某年的樂透得主，吸毒成癮，家破人亡，或者是被黑道盯上，全家過著隱姓埋名的日子。」

「的確常常聽到，一瞬間拿到太多錢，下場似乎不會太好。」

「沒錯，會發生這種樂極生悲的事，正是不肖財神的惡劣行徑，這種害群之馬會被嚴厲譴責外，也會被天庭大幅度扣除福報，甚至被剝除財神資格，打入地獄受刑。」

「地獄……很可怕……」

「所以我們要當個合理、精明的投資者。」

「投資？」

「財神的運作模式很像是股票的概念，投資者發掘有潛力的公司，投予現金入股資助發展，我們發覺財格有望加深的人，跟他結緣，在機運上面給他幫助，未來他憑自己的實力與努力發達了，財格越來越深厚，就可以承受我們的業績，魚幫水，水幫魚。」阿爺侃侃而談，口條清晰。

「還眞的很像投資者。」

「像檯面上的有錢人、大地主，都與十幾位甚至是數十位的財神同時結緣，這些財神每天都過著快樂的日子，遊山玩水等著退休，等待回到天庭結算福報重新投胎。」

「萬一找不到這種富翁？」

「基本上都找不到了，我聽過最慘的財神，為了達到業績，找了三百多位財格不佳的人結緣，每一天都忙得要死，幾乎沒有休息的時間，可悲、可憐、可嘆……」阿爺為自己的同事感到悲哀。

顯然不想要一生勞碌的迎春不安地問：「那該如何判斷財格？」

「大家都只能判斷個大概的輪廓，這得靠妳未來自己修行、領悟了。」

「依前輩的判斷，他們的財格呢？」

「嗯……」阿爺沉吟，嘴角不經意地勾起一個怪異的幅度，似笑非笑，有幾分難以用言語描述的深邃。

「前輩？」雖然迎春才剛認識這個少年不到十分鐘，可是那樣的表情，任誰來看都會感到不太對勁。

「信眾的祈求大部分是天方夜譚，我們財神有義務評估他們的願望可不可行。」

「那是當然，每個都要錢，那人間社會早就發生嚴重的通貨膨脹了。」

「沒錯，我們每一次的結緣，必須要深思熟慮，甚至是長時間的跟蹤與調查。」

阿爺伸了一個懶腰，顯出一些疲態。

「前輩，信徒要祈求了。」第一次聆聽請求的迎春有些緊張。

「希望她身體健康，不要再有任何毛病。另外請保佑弟子財運亨通，這張彩券能夠中獎，千萬，拜託，感激財神爺庇佑。」

「某人的身體健康與巨樂透的彩券中獎，兩項。」阿爺摳摳下巴，笑了笑道：「後面講述詳細情況的廢話，我就懶得聽了，總之，就是這兩項。」

「第一項，是歸藥神掌管，我們無可奈何……而第二項，唉，為什麼人都這麼貪心呢？」迎春相當失望，原本認為歐陽會說出比較不一樣的願望。

「錯了，妳這樣講就徹底錯了。」

「我說錯？」

「因為貪心，他們才是人。」

「……」

「懷疑呀？」

「前輩是不是……不太喜歡人？」迎春試探地問，擔心不太禮貌。

「拜託，我最喜歡人了好不好！」阿爺樂不可支，連皮鞋都掉落在地上，「不然，我該如何度過這漫長的光陰呢？」

迎春認同了他的說法，看向憨支，接著說：「另外一位……」

「你不跟財神祈求？」

「我喔？我又不愛錢。」

「你這個爛賭鬼還敢說不愛錢？」

「我是愛打牌沒錯，但比的是腦子跟膽子……這個財神幫不了啦，哈哈哈。」

「最終的目標還不是贏錢。」

「是『贏』，不是『贏錢』，錢這種東西不重要，只要夠讓我進賭場就好。」

「算了，我懶得聽你的歪理。既然都來了，就好好跟財神爺談談，不要浪費難得的機會。」

「財神、財神幫幫忙，讓我撿到一百萬……啊，算了，這個難度太高，不然降到二十萬就好，請讓我撿到二十萬吧。」

「ＯＫ，如你所願。」阿爺雙手用力一拍，從防彈玻璃櫃跳下，單手按在憨支的天靈蓋。

「前輩？」

「另外的帥哥。」阿爺指著歐陽的鼻子，「當然也是如你所願啦！」

「前輩！」迎春驚疑不定，「這樣不妥吧？」

「是不妥。」

「那爲什麼？」

「沒辦法……我有一種病，無藥可救的那種。」

「無、無藥？病……等等，神明也會生病？」迎春滿眼的問號，發現自己有點跟不上節奏。

「會，病入膏肓。」阿爺頹然後倒，靠在防彈玻璃櫃，身軀逐漸無力地滑落。

「怎麼可能……」

「一種經不起激的病。」

「……」

阿爺霍然站起，忿忿不平地罵：「混蛋刺青男，敢瞧不起我，我偏要讓他們財源滾滾來！」

迎春翻著白眼，難以置信會有財神像小孩子一樣賭氣，頓時瞭解爲何外頭兩位財神一聽見自己要跟著阿爺實習，反應會這麼激烈了。

「不會出事吧……」她低語。

□

路邊攤。

四張摺疊桌與十五張塑膠椅，排在人行道上就成了一間餐廳。

下午三點這種中餐與晚餐之間的尷尬時間，只有一組客人，老闆娘的手腳俐落，趕緊送上兩盤小菜，怕招惹了渾身刺青的彪形大漢，畢竟這一看就知道是地痞流氓，衣服上還有怵目驚心的血跡。

陽春麵吃到一半，憨支叼著竹筷，全神貫注在手機上，霍然振奮地喊：「有了、有了，成功登入。」

歐陽低頭注視自己的餛飩麵，不吃，不動。

「我看看吼……嗯，果然有不少股票，馬的，眼光有夠爛，都住套房的。」憨支持續滑動手機，「大概算了算，明天早上全部賣掉，應該有個百來萬，這樣還行，德叔會滿意。」

歐陽仍不發一語。

「欸，五千，給你。」憨支從褲子的口袋掏出五張藍色鈔票，放在餛飩麵旁邊。

「以後，不要打小孩。」歐陽用不容反駁的語氣。

「這樣是幹嘛啦，呵呵。」憨支不認同地笑。

「我知道你可能覺得虛僞，但那個男人沒有拋家棄子、沒有半夜逃跑，已經算很不錯了，不需要對付人家的孩子。」

「你猜猜這筆債務公司可以抽多少？」

「我怎麼會知道。」

「公司可以抽七成，債主將三百七十四萬的債務，三折剩一百一十二萬的賤價賣給公司，我們只要替公司討超過一百一十二萬，就算是賺錢了，你覺得爲什麼會有這麼爽的事？」

「……」

「因爲這是一筆臭爛帳啊，借錢還錢天經地義，他玩法律漏洞又辦脫產，錢都藏在親朋好友戶頭，擺明就是不想還錢。剛剛的冰店店面是跟親戚租的，連冰箱都是撿二手的，所有人都拿這個垃圾沒轍。」憨支認眞起來，身上的痴呆氣息瞬間消逝。

「跟他兒子無關。」歐陽再次強調。

「他如果眞對孩子好，早就該認眞工作，而不是借錢玩股票……幹他媽的，光股票就有這麼多錢，還裝可憐只買一個便當，騙一些心軟的蠢貨。」

「套牢的股票是有可能漲回來的，有時不過是欠缺一些機運，還有，我沒心軟。」

「在這行混久，什麼事都看過。」憨支恢復憨樣，低頭喝了一口湯，「丈夫推老婆出去賣身、媽媽趁孩子上學去兼差、未成年少女同時被三個老頭包養……幹，太多太多了，原因只有一個字，錢。」

「錢。」歐陽不自覺複誦了這個字。

「你也很缺錢吧？」

「誰不缺錢？」歐陽利用反問，去迴避不想面對的問題。

「我啊，哈哈哈哈。」憨支囂張地大笑，半截麵條從嘴巴噴出。

歐陽無奈地笑道：「你只是還沒遇到而已。」

「放心，最近很多地方都缺人手，很多打零工的機會，餓不死的。」

「依你的能力，怎麼不找個地方待？」

「我才不想認個老大去替人做牛做馬。像現在這樣，透過德叔到處接案子，自由自在、無拘無束不是很爽嗎？」

「難怪你永遠不是個咖。」歐陽說到一半，褲子口袋內的手機在震動。

他拿出來，發現是一串沒記錄的號碼來電。雖然沒記錄，但腦袋立即反應，知道是誰打電話過來。

沒有接，他甚至沒有反應，任由手機放在桌面震動發出噪音，震得餛飩麵的湯面產生一圈一圈的漣漪。

憨支停下嘴巴，麵嚼到一半，歐陽更是全神貫注地盯著那串號碼，彷彿整個世界都停滯了，得等到對方掛掉電話才繼續運作。

開在大馬路邊的麵攤，用餐環境實在不佳，但也就是這些湯鍋的滾沸聲、機車的行駛聲、路人的閒聊聲，讓這串格格不入的響鈴變得沒那麼突兀。

「不接？」憨支問。

「不接。」歐陽答。

「第四通了耶。」

「不接。」

「爲什麼啊？」

「不想再跟她有任何瓜葛。」

「夠絕。」

「吃飽就走吧。」歐陽將手機收回口袋，即便手機還是在響。

「你的錢記得拿。」憨支大口地將剩餘的麵吃掉。

歐陽並不想收，他根本沒做什麼，就分掉兄弟一半的酬勞太過意不去，況且對那父子的慘樣尚未釋懷。

「嫌少啊？其實我也嫌少，馬的，我們討回的股票值百萬，結果也只能拿一萬，眞他馬的不公平。」憨支一拍桌，豪氣干雲地說：「還是我們先扣個五十萬下來？」

歐陽只是橫了他一眼。

「好啦，我也知道黑吃黑的事做不得。」憨支自討沒趣地說：「我們這種小咖，就只能幹這些勞力活，賺這一丁點小錢。」

「還有其他工作嗎？」

「最缺就是賣藥的，想賺？」

「不，太危險。」

「你到底是缺多少錢？」

「兩、三百萬吧。」

「……你他馬的在裡面關了三年，是怎麼欠的？」

「別問了，有沒有低於三年徒刑的工作？」歐陽自嘲地笑了笑，卻完全沒有玩笑的成分，反而有幾分淒涼。

「我會去問問德叔，他人脈廣、門路多。」憨支有些不忍，可是個性使然，並沒有表現出同情。

「記得，大專院校同等學歷以及無前科要求的工作，我沒辦法。」歐陽站起來，一把將桌上的四千塊塞進口袋，動作很快，像怕被別人看見。

憨支實在是不明白，為什麼這位國中、高中六年，幾乎都考全校前三名的兄弟，會變成這個樣子。當初他可是人人看好的希望之星，雖然愛玩但是讀書一流，之後也不負師長的期望，考上第一志願醫學系，結果……

混得和拿肄業證書的自己差不多。

挺可悲的。

無論是他，無論是自己，無論是這個世界，都挺可悲的。

□

地下麻將賭場。

設置在老社區某家理髮廳地下室。

平時婆婆媽媽們，趁丈夫、孩子去上班或是小孩、孫子去上課，都會聚集在一樓店面，先把頭髮燙得美美的，然後拿出私房錢走進暗梯到地下一樓，摸個兩圈看能不能替晚餐加菜。

表面上，理髮廳奉公守法，注意環境整潔，按時繳納稅金，不過仔細看就會發覺，這裡安裝的監視器多得詭異，記錄著每一位路過的行人與車輛。

即便這樣的小賭場，只有五張麻將桌，最多容納二十位賭客，每日的賭金流動僅僅二、三十萬，黑道依然將手伸到這裡，派一個無所事事的小弟收取高額保護費。

經過德叔介紹，這幾天歐陽都顧在這裡，美其名是管理秩序防止賭客鬧場，實際上是等每天結束營業帶著抽成分紅回去繳給德叔。雖然是見不得光的工作，可是風險很低，薪水又比一般大樓管理員多。

有的時候，如果阿姨或太太手氣特別旺，還會見他長得帥給點小紅包。顧賭場，整天下來並沒有什麼事做，沒遇過出老千的，也沒遇過賴帳的，大家開開心心地賭，然後心平氣和地回家，歐陽閒著無聊就會看些書，財金、文學、旅遊類的居多，倒是沒再看過醫學方面的學科書，像刻意想忘掉不堪的過去。

今天的賭場依舊沒什麼大事發生，麻將洗牌的清脆碰撞聲與婆婆媽媽的八卦閒聊混在一起，歐陽聽不太清楚，空氣中香菸煙霧瀰漫，即使有三台空氣清淨機都濾不乾淨，坐在電視螢幕旁的歐陽還得自帶一台檯燈才能閱讀。

憨支從暗梯下來，和歐陽打聲招呼，就去找了空位坐，暢快地搓了起來。

歐陽對於憨支這種長年混跡於各大麻將賭場的老油條，不要臉地到這種業餘場宰羊賺錢感到不齒，但只要是沒出老千，自己也只能用力地鄙視他而已。

翻閱手上的小說《殺人犯，九歲》，歐陽的耳朵聽見靠近自己這一桌，某位賭客的長篇大論，頓時停下準備翻頁的手。

「我跟妳講啦，這支一定漲，保證漲兩到三倍。」

歐陽抬頭看去，說話的男子年約五十，地中海型禿頭，左右手各一支金錶，油裡油氣的，七分像金光黨、三分像老地痞。

禿頭男神祕兮兮地在桌面上寫出四碼的股票代號，自信地對著坐旁邊的中年婦女說：「現在一百多塊不進場，等過幾天，突然拉個幾根紅棒，妳要追也來不及了。」

「一張十幾萬，萬一跌了，我老公會罵死我。」中年婦女今天手氣不順，已經輸掉七、八千元。

「就妳這種想法，難怪玩什麼都輸。」

「股票我不懂啦，玩過幾次都賠。」

「妳眞的要逼我講得這麼清楚？算了，當我沒講，內線消息說出來就是違法，我又是何苦？」

「萬一，股價一直跌怎麼辦？」

「告訴妳啦，像這間體質這麼好的公司，隨時可能被外國大公司收購，是我就每跌10%買一張，讓成本一直降低。說眞的……難道有可能一直跌嗎？遲早會漲的嘛。」

禿頭男說話的語氣、論述的方式，都很像、非常像……自己可悲的父親，歐陽想起名爲父親的垃圾。

他購買股票的手法，其實道理相當簡單，假設一張股票一百塊，跌了50%剩五十塊，再購買一張，手中兩張股票的成本均價只剩下七十五塊，只要股票重新漲回七十六塊就是賺。

用這樣不斷平攤的方式，成本就能壓到無限低，就算跌到剩下一塊，也能夠平攤到讓自己的成本趨近一塊，之後只要這檔股票漲到兩塊，是的，兩塊就好，獲利便會暴增接近100％，一百萬變成兩百萬、一千萬變成兩千萬。

根本是暴利。

事實上，有這麼簡單嗎？

歐陽不禁冷笑，這種方式有兩個問題，第一個是「需要龐大的資金」、第二個是「公司有可能倒閉或下市」，一旦遇到這樣的情況，就是血本無歸準備跳樓。

類似這種看起來美好，但破綻百出的說詞，歐陽這輩子實在聽得太多，從小到大自己的父親就是用諸如此類的話術，借光媽媽的錢、借光哥哥們的錢、借光親朋好友的錢，然後拿去理財投資。

借就是騙。

理財投資就是賭。

歐陽深刻明白這個道理，闔上書，不動聲色地走近禿頭男的賭桌，堆起好奇的笑容，問：「大哥，是哪一支？有明牌怎麼不分享一下。」

「哈哈哈，你的鼻子眞靈，一有肉就過來了。」禿頭男一副「大家有福同享」的樣子，再次用指尖寫下四個數字。

「多謝、多謝，我查查是哪一間公司。」歐陽拿出手機輸入。

「新公司，極有未來性。」禿頭男依舊專注地打牌。

「我找到了……嗯……」歐陽低吟，手指滑動得飛快，雙眼接收許多資料，「大哥，這股票的股價最近衝很高耶，可是交易量卻不多。」

「不買飆股，難道你要買趴在地上的那種嗎？蠢。」

「不過，外資一直在賣欸。」

「那些奸人，不洗盤要怎麼便宜吃貨。」

「爲什麼連老闆都在賣？」

「……增加、增加股票的流通呀。」

「而且這家公司的老闆醜聞很多，營收也不是很穩定……」

「夠了，要買不買隨便你！」禿頭男勃然大怒，「我又沒收你半毛錢，未來股票賺錢，也沒有人會分我，我又何必被你質疑。」

歐陽面無表情地站起來，對在場所有賭客意有所指地大聲說：「小賭怡情、大賭喪命，是不變的眞理，大家要賭就要賭自己熟悉的東西，像是痲將……不要去聽一些鬼話，掉進『感覺很好賺』的陷阱。」

被這樣當眾洗臉的禿頭男臉色鐵青，這圈打完之後拍桌就走，陰狠的眼睛瞪著歐陽，傳達出「大家走著瞧」的訊息。

歐陽當作沒看見，坐回原來的位置繼續看小說，很快地，洗牌聲與閒談聲恢復，彷彿剛剛發生的事已成過往雲煙，沒有人在意了。

憨支雖然坐在牌桌邊，可是注意力都放在歐陽與禿頭男身上，分心導致連續放槍輸了好幾把。

就他所知，歐陽不是個同情心氾濫或是仗義執言的人，直截了當地說，在道上混過，雙手便不會太乾淨，仗義或同情只顯得虛僞。

歐陽不是虛僞的人，憨支知道他在面對冰店老闆與禿頭男的反常，原因只有一個……就是歐陽的父親，外表光鮮亮麗，卻是欠一屁股債拋家棄子的人渣。

時間漸晚，婆婆媽媽們要趕回去煮晚餐、接小孩，不論是輸還贏，大部分的人都能控制自己的賭癮，以免影響到正常生活。

主要的賭客們都散了，剩下的賭客再留下來也沒什麼意義。憨支清點一下口袋的鈔票，才驚覺今天宰羊不成反被羊宰，居然輸掉四萬多塊，嘴巴罵了幾句髒話，哀怨地看歐陽一眼，一方面是怪他害自己分心，一方面算是打聲招呼，表示要先閃人了。

歐陽沒理他，繼續跟賭場老闆清算今日的抽成，還得將錢送到德叔那邊。

等到全部搞定，走出理髮廳時，天色已經黑了，他獨自一人步行到隔壁條巷子，準備去牽摩托車。

走到一半，距離摩托車還有三十公尺，突然，一台銀色廂型車橫在他前方，來勢洶洶地擋住去路。

車門打開，五名持棒球棍的男子下車，其中一位惡狠狠地嗆：「擋人財路，你他馬的找死！」

歐陽只是靜靜地站著，連動都沒有動。

後方旋即亮起一道白光，另一台排放廢煙的摩托車緩緩駛來，憨支一如往常地傻笑，從一團報紙中抽出兩把開山刀，一把給歐陽、一把給自己。

「謝啦。」歐陽說。

「砍人，改運，見紅，發財啊！」憨支笑得好開心。

□

公園。

憨支與歐陽渾身是傷，坐在杜鵑花的花圃前，兩人之間有七、八罐空酒罐，還有兩罐尚未喝完。

原本徘徊在這裡的街友，見兩個流氓渾身是血，不是剛被砍，就是剛砍完人，紛紛遠離走避，害怕惹到半點麻煩，一不小心惹禍上身。

歐陽沒察覺到這點，只是疑惑公園怎麼見不到半個人。喝了一口酒，酒精的刺激讓他口腔中的新傷更痛，立即齜牙咧嘴的，完全沒有一小時前獨自砍倒兩個人的狠勁。

他再大口地喝一口，品嘗著新生的痛苦。他不愛喝酒，但此刻卻很需要喝酒，原因並不是死裡逃生、不是麻醉苦楚，而是想到了那個人，與垃圾無異的父親。

「對了，這給你，上次你不是說少了一千元？」憨支先打破了沉默。

「在哪裡找到的？」

「不重要啦，錢收好。」

歐陽將沾到一點血的千元大鈔放進口袋裡面，只是簡單地改變姿勢，渾身的痠痛立刻襲來，「我們會不會被警察盯上？」

「幹你娘勒，我們是受害者欸。」

「不過他們滿慘的，你下手太狠。」

「我是正當防衛，幹，不要誣衊我。」

「……」歐陽橫了他一眼。

憨支才正經地說：「安啦，德叔會處理。對方撈過界，騙錢騙到場子來，我們收了賭場老闆的保護費，自然是要幫人家辦事。」

「嗯，我這段時間可不能出什麼意外。」

「你到底遇到什麼困難？馬的，是不會說出來聽聽喔。」

「還有沒有工作……」

「顧賭場還不夠？」

「不夠，太慢了。」

歐陽說完這句，了無生氣的雙眼望著無月的天幕，漸漸地失去焦距，只有機械式地握住酒罐倒進喉嚨，才給人一種「原來他還活著」的感覺。

憨支不清楚歐陽進監獄關三年經歷了什麼，既然他一直不願意說，那也不方便再逼問，畢竟從小認識一起長大，介紹個賺快錢的工作，當然沒有問題，只是……

「如果你現在是醫生，一定不缺錢吧？」

「醫生？」歐陽有些困惑。

「在道上混這麼多年，我算認識不少人，卻沒有一個讓我感到可惜。」憨支難得地說出心裡的想法，「而你，眞的不適合走這途。」

「……」

「你很聰明，任何書都難不倒，爲什麼要放棄讀大學？幹你娘，當流氓表面是很邱、很罩、朋友很多，實際上沒人看得起啦，是社會的殘渣，我相信……你一直不敢聯絡芬芬，也是因爲這樣吧？」

「我放棄讀大學……哈。」歐陽終於忍不住笑出來。

「不然勒？不要跟我說是被當掉喔。」

歐陽一股腦將整罐酒喝光，趁著酒意，把藏在心底的不堪回憶挖出來，「那個垃圾吹著天花亂墜的牛，一而再、再而三地融資借錢去投資，拿走全家的錢，再拐親朋好友的錢，最後……偷領光我的學費，連我就學貸款的錢都沒放過。」

「……」憨支目瞪口呆。

「先不說醫學院的高額學費，光是處理那個垃圾逃亡後留下的爛攤子，應付凶神惡煞三番兩次上門討債，我還能讀個屁書啊。」

「幹你娘，眞的垃圾！」

「那個垃圾最可恨之處，還不是拋家棄子留一屁股債。」歐陽咬牙切齒，喉頭青筋冒出，發出比剛剛砍人更濃的殺意。

「這樣……還不是最可恨？」

「最讓我想殺死他的原因，是那個垃圾徹徹底底地認爲，自己沒貪、沒騙過一毛錢，是實實在在地拿去投資了，完全出自善意，想幫大家賺到錢，所以，別說悔意，他甚至還認爲自己在做好事。」

「幹，明明就沒賺啊。」

「運氣不好，怪我不如怪神。」歐陽複誦自己父親說過的話，卻暗自發誓一定要殺了他。

「……」憨支慶幸自己老爸是賭鬼，還不算是該死的垃圾。

兩人茫然無語，在漆黑的天空下，靠著閃爍的路燈，找到還未開的酒。

雖然身上大大小小的傷口黑一塊青一塊，但歐陽總覺得比起徹底失望的心，這一點痛不算什麼，反而是憨文的問題讓他心如刀割，不禁開始假設，如果自己沒有放棄學業，現在可能是一名實習醫生。

日子過得很忙碌，平均每日工作時間超過十四小時。在第一線與病患相處，他有自信能處理得很好，不過面對教授如奴役牲畜的對待，他就沒把握可以乖乖吞下去。

跟芬芬的交往一定會很順利，她父親不管多有錢、多眼高於頂，一定會尊重一名醫生的，說不定，再更努力一點，就能獲得認可，得到照顧芬芬一輩子的機會。

等實習四年結束，成爲住院醫師，收入就會大幅改善，能繼續待在醫學中心當醫生，假設運氣好一點，岳父願意出資贊助，出來開一間小診所也行。

到這個階段，估計小孩要讀幼稚園了……

「在想什麼？」憨文出聲。

「……」歐陽沒有回過神，或者是拒絕回過神。

「靠北，是死了喔！」

「……沒死。」

「到底在想什麼？腦袋被敲傻了是不是？」

「沒有，我什麼都沒想。」歐陽不敢再想。

否則會怨恨憨支、怨恨自己，當初為什麼要替憨支頂罪，去坐那三年的牢。

□

路邊攤。

現在的時間點不上不下，只有一組客人在吃麵。

老闆娘可沒有閒下來，兩個多小時後就是最忙的下班、放學時間，要回家的上班族會將車停在路邊，叫一碗麵與兩、三道小菜，等等要去補習班的學生會跟朋友找空位坐塡飽肚子。

如果不先趁這個時間把湯、麵、菜備好，等等尖峰時刻一到，肯定會手忙腳亂，脾氣比較差的客人甚至會破口大罵，嫌一碗麵為什麼要等這麼久？

掀開鍋蓋，剛滾沸的湯汁冒出的白煙讓整個攤子像被縱火燃燒，身處其中的老闆娘不以為意，一點都不受影響，快刀切著蔥花，不管視線被干擾，沒幾秒砧板上就有了無數整齊的綠色小圓，被倒進餛飩湯的湯底中，溢出淡淡的美妙香氣。

辛苦了半輩子，老闆娘辛辛苦苦賣麵拉拔長大的孩子，好不容易考上一間全國排名前幾的研究所，卻在半年前，深夜從研究室返家時，遭酒駕撞死在離家不到五百公尺的十字路口。

老闆娘再也不須要匆匆忙忙收攤，去替那個總是吃泡麵的孩子張羅營養的晚餐，她可以從早餐賣到中餐、晚餐、宵夜，然後把賺來的錢統統捐出去，讓自己忙得昏天暗地，累得倒床就睡，沒有時間傷心欲絕。

阿爺盤腿坐在一張空桌上，嘴角依舊掛著永不褪去的微笑。迎春則是雙腿夾著裙襬，雙手扶著眼鏡，專注觀察老闆娘備料的一舉一動，彷彿下輩子也想開一家麵攤。

「她的麵，說不上多好吃，用料也沒多實在，唯一的優點就是便宜而已。」

「前輩是怎麼知道的？」

「我可是從小看她長大的。」阿爺指了指餐車的側面，上頭貼著一張財神爺的小海報，仔細地上了防水護貝，四個角因老舊而微微捲起，看得出來已經有一段時間。

「民間百姓在生財器具上面貼財神爺之像是祈求生意興隆的意思。」迎春還在注意剛撈起的麵。

「妳是不是肚子餓？」

「不，我們有七情，但沒有六慾……我只是單純好奇。」迎春深知喜、怒、憂、思、悲、恐、驚乃七情，食慾、睡慾、色慾、權慾、虛榮慾、占有慾乃六慾。

「是嗎？我倒是什麼慾都有。」阿爺手上旋即多出一碗餛飩麵，低頭吃了三大口，滿意地說：「沒有六慾，是當不了一位優秀財神的。」

迎春不解地看向他。

「如果沒有食慾，我們要怎麼判斷這碗麵好不好吃？如果無法判斷，又怎麼推估此人未來值不值得投資、財格會不會變好？」

迎春不認為他在胡謅，但依舊是無法理解。六慾是很難想像的一種感受，比方說食慾、睡慾，身為神，是可以永遠不吃不喝、不眠不休的。

「妳不是不懂，是還沒懂。」

「……是嗎？」

阿爺叼著筷子站在桌上，在人來人往的路邊敞開西裝外套，領帶甩到背後，拉起白襯衫，展現出鍛練有成的腹肌，自信帥氣地前後搖擺，「如何？感受到慾望了嗎？」

「前輩，嘔吐慾算嗎？」迎春刻意摘下眼鏡擦拭。

「嘖，大家都說我長得像防○少年團的柾×，就妳不識貨。」阿爺自討沒趣地坐回去吃麵，「妳剛剛說好奇，到底是在好奇什麼？」

「好奇她的良善。」

「可惜良善沒用，她的財格糟透，有窮神在顧。」

「遺憾……」迎春輕搖頭。

「不要遺憾，我們財神還是有可以做的地方。」

「怎麼做？」

「問到關鍵了。」阿爺雙手一拍，反問：「妳認爲身爲財神最主要的職責是什麼？」

「尋找財格深厚之人，給予財富福報，達成天庭規定的額度。」

「這種說法沒錯，但是可以說得更精練。」

「精練？」

「讓人快樂。」阿爺撫摸身邊的濃厚金光，再撫摸自己的胸膛。

「如果在這種時刻，前輩說出『用我的身體讓大家快樂』之類的話，我想，我一定會很失望吧。」迎春打算先說清楚。

「……」突然語塞的阿爺輕咳兩聲，正色道：「我是財神，不是牛郎好嗎。」

「原來如此！」

「不要一副很詫異的樣子！」阿爺拔下一絲金光，沒好氣地用力吹散。

轉眼間，一張藍色的千圓鈔票從歐陽與憨支的桌上，神不知鬼不覺地飄落，時機精妙到了毫釐，恰好是他們視線同時挪開造成的死角，整疊的五千元變成四千元。少掉的那一千元如有神助似的，巧妙地鑽進老闆娘的腳底，老闆娘剛瞧見先是錯愕了幾秒鐘便迅速撿起，彎下腰時，正好看見餐車旁的財神海報，露出感激的笑。

「看見沒有，這就是我的力量。」阿爺也跟著興奮地笑了起來。

不發一語，迎春仔細觀察著老闆娘的表情變化，似乎能從中品嘗到幸福的味道，隨後再觀察著老闆娘把錢收進去口袋的微小動作，彷彿還沒長大的小女孩，偷偷藏起一顆母親遺落的方糖，有些小心，有些不好意思，但更多的是甜甜的微笑。

迎春同時跟著笑了出來，認同阿爺所說的「讓人快樂」。

「明明只是一千塊，卻能讓人感到由衷的歡喜，很不可思議的力量吧。」

「是的。」

「這就是我的神權喔。」

「我以後……也想成爲這樣的財神。」

「牛郎？」

「……」

「想成爲怎麼樣的財神？」

「算了，我什麼都沒說。」

□

「攤子要收了，我們也該走啦。」阿爺伸一個大大的懶腰。

「去哪？」迎春還在觀察老闆娘煮麵。

「帶妳去市中心的大廟見見世面。」

「怎樣的廟？」

「去霞海城隍廟吧，台北的著名觀光景點，香火鼎盛，香客絡繹不絕，比起我住的那間破廟，熱鬧不知道幾百倍。」阿爺嚮往地說：「雖然名爲城隍廟，但城隍是一個古怪的單位，沒有人在家駐點，反倒是依附在廟裡的愛神、財神大受歡迎。」

「因爲信徒流動量高，比較容易找到財格具有潛值的人，業績相對容易達成。」迎春舉一反三。

「沒錯，一間小廟可以發展成大廟，是經過愛神與財神們長年的努力。」

「我是想見識其他前輩的風采，不過……」

「不喜歡那些老屁股嗎？」

「不是，只是我有更想去的地方。」迎春望向老闆娘，腦海中還是充滿她撿到錢時的幸福微笑。

「什麼地方？」阿爺雖然笑容不變，但多少有點僵硬。

「育幼院。」迎春表面上沒什麼特殊的反應，心裡卻萬分期待。

「養孤兒的機構吧？」阿爺稍稍遲疑。

「前輩，我們財神就是要樂善好施、讓人快樂，我們可以把歡笑帶給育幼院的小朋友，這樣不好嗎？」迎春反問。

「這樣子說來……」

「走吧，前輩。」

「不過，爲什麼是育幼院？」阿爺感受到時間緊迫，不能夠再待下去，卻依然沉穩地詢問。

「我是一位見習財神，金光沒有改變福運的能力，可是前輩有，前輩就應該在限制的範圍內多多造福人們，讓更多人快樂。」迎春藏在鏡片下的雙眼炯炯有神，清澈、純眞，毫無雜質。

阿爺明白了，況且目前的狀況也不適合再拖下去，認同地點頭道：「就如妳所願，我們要讓更多人快樂。」

「請跟我走。」迎春拉起他的手離去。

時至半夜。

賣完最後一碗麵，路上幾乎沒什麼行車，老闆娘腰痠背痛地整理器具，準備收攤回家休息。

一台摩托車急駛而來，就直接停在餐車前，虎背熊腰的騎士吐出一口口水，豪邁地下車，心情非常糟糕。

憨支的雙眼布滿血絲，一臉陰沉地說：「老闆娘，是不是拿了我的錢？」

「錢？」老闆娘一時反應不過來，尤其對方滿身刺青、語氣不善，讓她有些害怕，腦子轉得更慢。

「一千。」憨支壓低嗓音，更加不耐煩。

「……」老闆娘瞬間想起這位是下午的客人，表情詫異。

「那就是有了。」憨支並不在意這一千元，剛剛在賭場就輸超過十萬。他在意的是，這股悶火需要有個宣洩點。

老闆娘急急忙忙從口袋中掏錢，手不知道是過勞而顫抖，還是因爲恐懼，反而事倍功半，找不到那張幸運撿到的藍色紙鈔，不小心挖出的五元、十元硬幣散落一地，有的還滾到路中央。

「我們吃麵吃菜，可是一毛都沒少給，妳這不要臉的東西，連我兄弟的血汗錢都敢拿，幹妳娘雞掰勒！」憨支勃然大怒，一把將餐車拉倒，湯湯水水流得滿地都是。

老闆娘尖叫一聲，慌張地找出幾張鈔票湊成一千，不斷道歉：「對不起、對不起……這位大哥，我只是不小心撿到而已……抱歉、抱歉。」

憨支當作沒聽到，抄起摺疊桌就往餐車一頓狂砸，砸爛一張就再抄起一張，原本透過餐車、桌椅組成的簡約小餐廳，在暴力之下被毀得看不出原樣。

無論老闆娘怎麼大哭求饒，憨支都沒有手下留情，偶爾路過的車輛見到流氓在砸店，不僅沒停下來幫忙，還加速駛過，深怕惹到麻煩。

「大、大哥……對不起、對不起……不然我再貼錢給你，請你，嗚……請你喝茶……請不要再砸了，別砸……」

「幹，哭三小，眞他馬的不爽！」

砸到有點累的憨支停下手，吐出一口長長的惡氣，心中的那股悶火釋放得差不多了。最近運氣差到極點，也不知道爲什麼十賭九輸，過去由經驗累積的麻將技巧忽然全不適用，短短幾週輸掉幾個月贏的。

「操，莫名其妙。」

「大哥這……這些都給你……」

老淚縱橫的老闆娘雙手捧著今日的全部收入，當然包括撿到的那張千元大鈔。

憨支走過去，抽起歐陽的一千元，其餘的沒有多拿，也不爽再多說一句話。

他拿到錢，重新跨上摩托車，思索著是不是麻將賭場風水不佳，或許換個場子，會有一百八十度的變化。想到這，總算是露出鬆一口氣的笑容，盤算等等要去哪賭。

□

育幼院。

獨棟，二層樓，蓋在遠離市中心的便宜地段上。

專門收容孤兒的慈善機構，成立至今已經三十幾年，養育了幾千位失去親人照料的孩子，過去依靠著善心捐款，經濟雖拮据但尚能支撐，現在經濟不景氣，善款變少，院內十四位小孩的生活環境也跟著變差。

阿爺和迎春站在育幼院的某間大房中間，感受到她們的生活環境並不好，整個寢室沒有床鋪，六位躺平的小女孩統統打地鋪睡，所幸最近天氣不冷，不然她們破破舊舊的棉被恐怕沒什麼禦寒的效果。

女孩子們年紀很輕，目測最大十一歲、最小七歲，就算年紀輕輕，可是愛美、愛打扮依然是天性，一旁的迎春能明顯看得出來，她們身穿的衣物都是回收或捐贈的，要嘛尺寸不合、要嘛上下不成套。

簡單來說她們的衣服最主要的目的僅是保暖、蔽體，不是美觀。

夜已深。

為了省電，育幼院在孩子們上床之後進行斷電，不過其中年紀最大的女孩點起半根不知道哪裡撿來的蠟燭，趴著翻閱在資源回收場撿回的少女雜誌，雙眼放光地注視那些模特兒身上的可愛服裝。

她們不是不想，只是沒有辦法……在學校見到同學都能夠精心打扮自己，假日不是百貨公司就是商圈、服飾店，自己卻得到人多的市集募款，還得小心不要遇見認識的朋友，免得成爲同學之間譏笑的素材。

「前輩，給她們一點獎勵吧。」迎春期待地說。

「在這之前，妳知道風險嗎？」阿爺和藹地笑笑，像兒童台的水果大哥哥。

「我明白。」

「眞的？」

「是，當我聽到『讓人快樂』這四個字時，我眞的很慶幸前輩不是如外表這樣……嗯……這樣的……」迎春支支吾吾。

「怎樣？」阿爺扭過頭。

「……玩世不恭。」

「妳原本是想說自以爲是、臉帥無腦、不諳世事吧？」

「不是。」其實是更難聽的，迎春配合地微笑，「很榮幸能跟著前輩見習。」

「妳能這樣想就對了，讓人快樂是我的最高方針。」阿爺話鋒一轉，像老師抽問題目，「但妳眞的知道，我們要揹負的風險嗎？」

「我們財神就像一台ＡＴＭ，ＡＴＭ的責任就是努力吐出金錢讓人領取，替銀行賺取手續費，如果業績不足，沒有人要提款，那ＡＴＭ就會被銀行撤掉。」迎春侃侃而談，「然而，ＡＴＭ有個最重要的限制，就是戶頭的金錢餘額，假設提款人戶頭只有一萬，ＡＴＭ是無論如何都不能吐出一萬零一塊。」

「沒錯，妳說的完全正確。」

「戶頭餘額就是財格，是有可能透過後天努力增加。」

「對。」

「那最大的關鍵在於，『我們是無法確定戶頭餘額的ＡＴＭ』，對吧？」

「……」阿爺默認，倍感意外。

「這個曖昧不明的模糊空間，正是財神能夠自由決定之處。」迎春說出了關鍵。

「妳……」阿爺再度勾起意有所指的微笑。

「我們只要別當那台吐出第一萬零一塊的ＡＴＭ就絕對不會違反天庭的限制。」

迎春指了指打地鋪的女孩子們，「像幫助麵攤老闆娘一樣，前輩，幫幫她們。」

「妳很喜歡孩子？」

「我喜歡努力活下去的孩子，天眞無邪的。」

「我也很喜歡孩子……只要一眨眼，十年、二十年的時間，就能見證他們從天眞無邪……慢慢的……慢慢的……」阿爺說著說著，語調漸漸低沉，卻藏著一絲興奮。

迎春感覺到不太對勁，靈敏的感知讓她察覺到阿爺的金光波動不尋常。

「假如我有六顆糖果，讓這六個女童排隊自由領取，妳覺得……排最後一位的，還拿得到糖果嗎？」

「一定會有人想要多吃，也會有人不想吃，自然就成了一種平衡。」

「錯了，即便不想吃，也不願讓別人多吃。」阿爺的雙眼掃過這群女童，即便外貌不同、姿態不同、表達能力不同，本質卻都一樣，「這種天性才是人最有趣的一面。」

「我不信。」迎春搖頭。

「不然，我們做個實驗就知道了。」阿爺平空拿出盒糖果，不多不少，正好六顆。

「實驗？」

「這就當免費附贈的一課，聽好，我們神與人生活的塵世，像兩條永不會交集的世界線，不過我們可以隔空看見人，而人不行……我們還可以親身跨過去人的世界線，只是容易出問題，除非狀況特殊，否則不建議。」

「我們跨過去吧。」迎春滿是期待。

「確定？」阿爺也開心起來。

「走吧、走吧。」

「走！」

話才剛說完，阿爺已經被迎春拖出房間外，她準備以實體的樣貌見這些小女孩，明亮的雙眸難掩雀躍之色，彷彿隔了許久，總算是心想事成。

他沒料到迎春是這樣的反應，用近乎呢喃的音量笑道：「妳干擾了塵世，塵世也會干擾妳。」

「前輩不是說要實驗？」

「我說的實驗明顯和妳想像的不同。」

「既然要實驗，當然得眞的發糖果。」

「我手中的，不過是幻象。」

「幻象也比一無所有好。」

「有道理。」

阿爺一手牽起她、一手輕輕推開房門，同一個瞬間，兩人繞體的金光消失，成功現形爲人，外表如同一對大學生，穿著西裝，與穿著外套和短裙的一男一女。

「大家好，我們是聖誕老公公。」迎春爽朗地打聲招呼。

「大家好，欸，不對，我堂堂正神，怎能冒充西方神祇……」阿爺的抱怨都還沒說完……

年紀最大的女孩雖說年紀最大，也不過十一歲而已，忽然有人開門，她以為是老師查房，急忙拉起棉被，想要遮住少女雜誌，情急之下，不小心弄倒燃燒中的蠟燭。附近許多易燃物品，一些女孩子的衣物、書本、手帕、圍巾，一被火焰沾到，立刻燃燒起來，女孩更加慌張，再用棉被去搧，結果火燒得更大。

這間育幼院是老房子，自然不會用什麼防火建材，很快地，連窗簾都開始燃燒，由一丁點的火光，發展成一大團火焰，原本睡著的孩子們在驚醒的瞬間嚇傻，有的尖叫、有的大哭。

已經沒有人理會房內突然多出的阿爺與迎春，全數手足無措地待在原處，宛若在等待惡火吞沒整個空間，接著順口將自己吃掉。

火越燒越大，完全沒有止住的跡象。

「這……」迎春掩嘴，臉色蒼白，想不透為什麼事情會變成這樣？

倉皇滅火的女孩，連手中唯一的武器棉被都沾上火焰，大概在五秒鐘之內，惡火就會反客為主，讓女孩與棉被化為一團火球。

「放開棉被！」迎春大喊，急忙拉著女孩後退。

等到女孩暫時脫離危險，阿爺也拉起迎春的手，立刻讓她脫離塵世。

房間內只剩阿爺一個成年人，他沒有拍拍屁股就走，決定用著與人無異的肉身閃避火焰的烘烤，一手拎起一個女童，背後揹著一個，胳肢窩各夾著一個，朝著房門的方向跑，催促呆坐在地板的女孩逃命。

他們一行七人逃到室外，阿爺確定大家除了咳嗽之外並無異狀。

育幼院的老師都驚醒了，冷靜地打電話求援，確認所有孩子都平安無事。

阿爺這才偷偷走進陰暗處離開塵世，再度走回起火的房間，發現迎春還站在原處，連動都沒有動。

窗外有位死神探頭探腦的，發現這場火災沒什麼搞頭，便失望地消失了。

「前輩，讓我回去救火，快，快點！」迎春看著火焰擴散，扯著阿爺的手臂。

「這已經超出財神的能力範圍了。」

「只要前輩能幫我一次，未來我一定會報恩，一定。」

「……」阿爺聽出似乎話中有話。

「前輩，拜託你……」

「死神都走了，代表人員安全，妳別太擔心。」

「不過……這，可是他們遮風避雨的地方……」站在火光之中的迎春，默默地墜下眼淚。

眼淚沒有被高溫蒸散，依然筆直墜落，代表著兩條世界線的差異，也代表她的內疚有多沉重，第一次想用財神之力帶給人們幸福，沒想到帶來的是厄運、是希望破滅。

「對不起……真的很對不起。」

「妳犯了財神最忌諱的……」阿爺轉念一想，瞇起雙眼，道：「不，是運氣不好而已，這年頭哪有人用蠟燭。」

「前輩……」

「這不能怪妳。」

「可是、可是……」

「走吧。」

阿爺走出房間，迎春靜靜地跟在後頭，恰好兩位育幼院的老師提著滅火器，與他們擦身而過。

來到育幼院門前的空地，就能聽見不小心弄倒蠟燭導致火災的女孩放聲大哭，語無倫次地說著「對不起」、「我不是故意的」。其餘比她年紀小的女童，見到向來最勇敢的姊姊哭成這樣，跟著哭了起來。

阿爺蹲在女孩面前，收起平時嘻嘻笑笑的樣子，全神貫注地撕下一片自己的金光，揉成一大團在掌心滾動，藉此衡量重量，一下子覺得太輕，撕了一小撮揉進去，一下子覺得太重，又剔除掉一小塊，彷彿連多或少一毫克都不行。

「前輩，該不會？」迎春喜出望外。

「妳剛也說了，財神是不知道戶頭餘額的ＡＴＭ，這是一個可以操作的自由空間，沒錯，我只能賭這女孩未來的戶頭很有錢。」語畢，阿爺把手中掂量許久的金光塞進女孩的天靈蓋。

迎春知道阿爺所要冒的風險，一時之間說不出話來，只是靜靜地凝視著他的背影，心裡暖暖的。

□

黃昏市場。

德叔就坐在賣女性內衣的攤位內，跟女老闆泡茶閒聊，從遠遠看去，像是被掩埋在萬紫千紅的胸罩小山中。

女老闆是直接跟代工工廠批貨，比起百貨公司，少掉昂貴的租金、省掉廣告行銷費用、扣掉華而不實的包裝，還不用養一票漂亮的櫃姐招呼客人，所以售價可以壓得很低，深受婆婆媽媽們喜愛，這攤子一擺就是十年。

她一面跟客人喊出「三件三九九」、一面跟德叔談天說笑。快要六十歲的德叔挺著啤酒肚，遠遠見到憨支與歐陽走來，立刻收起笑意，端出仲介人的臉色，跟女老闆說等等再來。

女老闆當然知道德叔人面有多廣，這個黃昏市場這麼多年都沒有混混膽敢來鬧，自然是靠德叔與各幫、各派、各角頭的良好關係，她一見到是滿手刺青的憨支，就知道德叔是要談江湖事。

「我們邊走邊談。」德叔招手，全身上下的金錶、金項鍊、金牙閃閃發光。

憨支與歐陽當然跟著，走在目前人潮不算多的黃昏市場內。

「那個禿子的事搞定了，狠狠教訓過，他不敢再對你們動手。」德叔沒講的是，雙手手筋皆被砍斷的人，也不可能再動手。

「多謝德叔。」憨支天不怕、地不怕，就怕他。

「你們是替我打工的，只要手腳乾淨，別做錯事，誰敢動你們一根毛。」德叔瞥了歐陽一眼，「賭場老闆很欣賞你……嗯，你不錯。」

「啊我勒？」憨支說著笑。

「你不要再給我賭麻將了，信不信我打斷你的腿？」

「哈、哈哈……」自討沒趣的憨支乾笑。

「聽說你很缺現金？」德叔從寬鬆的吊帶褲口袋拿出一疊鈔票，俐落地舔了手指，數出十五張，一次交給歐陽，「這給你養傷，是營養金。」

「謝謝。」歐陽接過，摺起，收好。

憨支眼巴巴地望著，不敢開口抱怨不公，即便自己也全身是傷。

「我這邊有個挺好賺的工作，最近虎堂搶地盤搶很凶，打了幾場架，小弟傷了大半，所以想找人充充場面，只站在後面一天五千，如果你能打，可以再加一萬五。」德叔扳著手指說：「我私人不抽再添兩千給你，這樣就是兩萬二。」

「……」歐陽面有難色。

「怎樣？不敢？」

「不是啦，德叔，他是剛出來，假釋期還沒過，不能接太張揚的工作。」憨支替好兄弟解釋。

「年紀輕輕就怕關，怎麼會有前途？」

「我……有個短時間不能再進去的原因，請諒解。」歐陽說得很婉轉，眼神很堅定，沒有妥協的意思。

「女人？」德叔的兩眼如炬，眼神有幾分鐵漢柔情。

「……算是。」歐陽點頭。

「經過這次，我知道你腦袋聰明，敢打敢殺算很帶種。」德叔同情歸同情，但並不喜歡有人挑剔自己的委託，「如果像個娘們顧慮東、顧慮西，就不適合再走這途。」

「德叔……」憨支打算再說點話。

德叔沒鳥他，繼續說：「這個社會就沒有人不缺錢，要賺得快，也要你敢賺，想要沒風險，又想要賺得快，乾脆去當鴨好了，要嗎？我也是有門路能介紹。」

被羞辱的歐陽，一張白淨的臉憋得漲紅，可是不敢反駁，也沒有立場反駁，自己的確像是想立貞節牌坊的婊子，在道上混還怕被關是很可笑的事，然而他強忍著心中的苦與苦衷，支撐下來。

「德叔，我知道你對虎堂那邊難交代，不如讓我去，當打手是我的專長啦。」憨支爽朗地笑笑。

「以爲我不知道你最近很缺錢嗎？」德叔板著臉。

「嘿嘿，是比較緊。」

「混帳東西……」德叔對這張憨笑的臉罵不下去，無奈地說：「虎堂還有在經營『打電話』，最近有缺領錢的車手。」

「對對對，這個適合歐陽。」憨支立刻贊成。

被說適合的歐陽卻一頭霧水。

「記得要低調，同一個地區的提款機不要領超過兩次，拿到多少錢就繳回多少錢，手腳給我放乾淨，不然被砍掉不要怪我。」德叔拍拍他們的肩，逕自右轉朝別的方向走去，「詳情會通知。」

看著金光閃閃的德叔，以及他宛若在巡視領土的步伐，歐陽與憨支站在原處，竟然有些羨慕。

「打電話是什麼意思？」歐陽不解地問。

「就是電話詐騙，虎堂把這個部門放在國外，但在國內需要有車手領錢，否則好不容易騙到的成果，領不出來也是白搭。」憨支繼續解釋，「而且現在ATM一次最多只能領三萬塊，必須分很多次取款，挺缺人手的。」

「我懂了……」歐陽已經開始在腦袋裡盤算，如何降低自己失風被抓的機率。

「這個沒什麼風險，只是要到處跑比較麻煩。」憨支有些心不在焉，打算要離開黃昏市場，似乎還有急事要去做。

「欸，多謝。」歐陽淡淡地說。

「謝什麼？」

「替我擋了那個工作。」

「有錢我也想賺啊，這又沒什麼。」

「動刀動槍的，很危險吧。」

「錯了，危險的是對方。」憨支又再度嘿嘿嘿地笑起。

「總之，這次很抱歉，等我這邊的問題處理好，以後一定會想辦法還你。」歐陽完全沒有笑的意思。

「幹，三八喔。」憨支雙手插口袋，已經扯開雙腳先走一步，「我們之間是什麼交情？操，你不要再想那些有的沒有的，我先去幫德叔忙，晚點再聯絡你。」

「德叔？」

「我替他去送一筆款啦。」

「嗯……」

整個黃昏市場，到現在客人才漸漸多了起來，歐陽依然站在原地沒有動，腦袋裡飛快地換算數字，加加減減、減減加加，總算是算出一個大概的輪廓，然後，深深地嘆出一口氣。

「不夠，還是遠遠不夠……」

□

華北銀行，中區分行。

當詐騙集團的車手，有一個很關鍵的難關，就是「時間緊迫」。

詐騙集團成員，從某些沒有相關法律的落後國家打電話回台灣，用千奇百怪、超乎想像的手法，讓受害者把自己辛辛苦苦賺來的錢，以事後想起來恨不得撞牆自盡的愚蠢理由匯出……就算是到這個階段，其實都不算成功。

眞正的成功，是要把錢領出來，否則一切的努力都是白搭。

而且，還要用最短的時間，將錢盡數提出。

現在警方與銀行爲了杜絕詐騙，設立許多防堵手段，譬如說ATM一次只能提出三萬就是最好的例子，還有，如果受害人在匯款後察覺到自己被騙馬上報警，銀行初步查證後能夠預防性地暫時凍結受害人帳戶。

簡單來說，銀行的ATM一次限領三萬，好不容易騙到三百萬，車手就得快速提款一百次，不然受害人一旦發現不對勁，隨隨便便打一通電話報警，這段時間費盡的唇舌便白白糟蹋了。

要求一位車手提款一百次顯然不切實際，於是車手的需求量變得很大。

規矩是收到簡訊，拿到帳號密碼，三分鐘內就得領錢，如果做不到，便不是一名優秀的車手。

歐陽爲了不讓人起疑，將自己僞裝成登山客，才有理由戴著低低的遮陽帽與包覆全臉的面罩，一副剛下山準備回家休息，順路領個錢的模樣，被監視器拍到也無所謂。

再來是選定好ATM。他沒有選擇自己不熟的區域，因爲路線、環境、地理位置無法爛熟於心，反而更加危險，一旦碰上什麼意外，不能快速地逃離，被逮的機率會增高。

歐陽坐在偷來的腳踏車上頭，緊盯著手機與馬路對面的ＡＴＭ，腦袋迅速模擬一遍，收到簡訊、騎腳踏車過馬路、提款、騎腳踏車到後巷、脫帽脫外套脫登山包、棄腳踏車換摩托車、順利地逃離現場。

「然後再找下一台ＡＴＭ，等待第二封簡訊，沒錯，會很順利的……」歐陽自言自語。

他特地查過，就算是被逮到，犯的罪也不重，畢竟只是個車手，算是打工仔，法官只會針對詐騙集團首腦。

怎麼想，這都是一件好工作，但歐陽的眼皮已經跳了一天一夜，彷彿在提醒，犯罪無論如何都是犯罪。

歐陽自認不是壞人，可惜假釋出獄後，沒有大學學歷，還有傷人前科，根本找不到正當的工作，他亟需兩、三百萬，除了接見不得光的委託，沒有第二種途徑。

怪異，第一次討債、第二次顧賭場、第三次當車手，已經不算是新手了……這次不安的感覺卻遠遠大於第一、第二次的相加。

是不是沒有憨支在場的關係？歐陽並不能確定。

霍然，手機劇烈地震動，他緊張地憋著呼吸，以爲是簡訊寄來了，心臟跳得很快，手不自覺輕顫，結果一點開，是鍥而不捨的芬芬，以及，芬芬送來的四個字。

讓我幫你。

簡簡單單的四個字，卻讓歐陽陷入很深的情緒中……過去和芬芬交往的回憶瞬間滿溢而出，他們因爲國中同班認識，在國中的畢業旅行決定交往，高一爲了課業壓力大吵一架，高三在生日派對結束後給了對方第一次。

考上醫學系當天，他總算是深刻地領悟到，即便是二〇一八年，家境差距太多的愛情，仍不可能走到終點。

「我不想成爲父……那個垃圾……我永遠不會跟那個垃圾一樣。」歐陽很篤定地刪掉芬芬的簡訊，包括上一秒才收到的「沒人會知道我幫你，沒人會瞧不起你」。

手機再度震動，這回不是芬芬寄的。

兩串如亂碼的數字，一般人會以爲是系統出錯，不過歐陽知道，任務來了。

雙眼立刻抬起，視線定在隔著六線道的ＡＴＭ，確定方才在操作的無關路人已經用完，頭也不回地離開，讓位子空了出來。

他沒有任何猶豫，立刻騎腳踏車過馬路，心如止水，格外冷靜，確定一切都會按照原先預想發生。

也如他所預想。

銀行在下午三點半就關門，不會有太多人走過設置在銀行門口旁的ＡＴＭ，就算有幾個路人經過，也不可能去注意一個尋常的登山客，歐陽只要小心不要被監視器拍到完整的臉就行。

插入早準備好的提款卡，迅速地輸入剛收到的密碼。

成功。

沒有問題，現在才過了三十一秒。

緊接著輸入提款金額「30000」，準確，沒有多或少一個零。

三十三秒。

螢幕顯示錯誤訊息：輸入金額錯誤

歐陽連遲疑都沒，再按下「30000」，百分之百確定無誤。

輸入金額錯誤

「爲什麼……」他不解了。

腦袋開始思索到底是哪裡錯誤，ＡＴＭ單筆領款最多難道不是三萬嗎？還是調低成兩萬？或者戶頭內根本沒錢？但這麼縝密的詐騙集團會犯如此低級的錯誤嗎？就他所知詐欺不都是誘騙被害人匯款到特定的人頭帳戶，確認收到錢才由車手提款嗎？

七十七秒……

歐陽的冷汗從額頭流經鼻尖。

「再一次。」他彷彿是再給自己最後一次機會。

輕顫的手指，在不知道多少人按過的介面上輸入「30000」。

成功了。

發鈔中，請稍候。

很明顯聽見機器運作點鈔的聲音。

八十九秒。

噠噠噠噠……

開始吐出一疊千元鈔票，歐陽拿起，塞進外套暗袋。

噠噠噠噠……

再吐出一疊千元鈔票，歐陽愣住。

九十三秒。

噠噠噠噠、噠噠噠噠、噠噠噠噠、噠噠噠噠、噠噠噠噠……

一百一十七秒。

噠噠噠噠、噠噠噠噠、噠噠噠噠、噠噠噠噠、噠噠噠噠、噠噠噠噠、噠噠噠噠、噠噠噠噠、噠噠噠噠……

一百三十七秒。

噠噠噠噠、噠噠噠噠、噠噠噠噠、噠噠噠噠、噠噠噠噠、噠噠噠噠、噠噠噠噠、噠噠噠噠、噠噠噠噠、噠噠噠噠、噠噠噠噠、噠噠噠噠、噠噠噠噠……

三百五十一秒。

錢已經整個溢了出來，歐陽雙手都是錢，外套的暗袋早就不夠裝了，不得不拿出登山包來放。

一千元紙鈔像是一道藍色的小瀑布不斷地流出來，再冷靜的人也會感到慌張，歐陽甚至內心開始咆哮「這他馬的是怎麼回事」，但這些紙片彷彿有一種魔力，能讓人雙腳釘住，雙手捧著，以最卑微的姿態承受。

隨著時間過去，風險不停地升高，路過的人與車，銀行內建的警報系統……都有可能讓他被抓。

歐陽知道，無論如何都不能傻站在ATM前，傻站到警察車發出藍紅兩光、嗚著嗚嗚之聲駛來，然後等警察慢條斯理下車，順手點根菸抽幾口，拿出手銬逮捕自己。

時間變得無限漫長。

感官開始放大，雙眼能清晰見到每一疊鈔票吐出來的細節，鼻子能聞到新鈔那種獨特的香味，雙手敏銳得能夠感受到單薄紙鈔增加的重量，雙耳更是轟隆隆的，像有兩具喇叭掛在左右兩邊，將點鈔的聲響開到最強，破音、混濁，成了無謂的噪音。

腦袋一片混亂的歐陽忽然想到一種昆蟲叫螳螂，自己就像交配中的公螳螂，明知道在完成生殖行爲後，就會被母螳螂砍掉頭，吃得一乾二淨，明知道在快樂過後就是死亡，但是……

但是。

那種至高無上的愉悅。

無法停止啊。

「夠了……拜託，眞的夠了……」歐陽如顏面神經失調般，臉部肌肉繃緊抽動，嘴角垂下些許唾液。

雖然好像在哭，但他在笑，愉悅到極致的那種笑。

□

總算停了。

歐陽把一疊又一疊的鈔票放進登山包，拉緊拉鍊，立刻走人。

耳朵、眼睛沒有接收到什麼不對勁的訊號，可是整個背部、整條手臂爬滿雞皮疙瘩。他沒有去思考爲什麼ATM會吐出這麼多錢，因爲再多待一分鐘，不，就算是再多待一秒都不行，他不可能再停下來，把珍貴的時間浪費在思考上面，彷彿這台平淡無奇的ATM轉眼間就會爆炸，將視線所及的所有事物焚成一片火海。

猶如生物的求生機制，他本能地按照一開始的計畫，讓脫軌的列車重新回到軌道，騎上腳踏車，再換上摩托車，一路飛快地遠離ATM，越快越好，越遠越好，免得被火焰波及。

快是快到拿到罰單的車速，遠是遠到連自己都不知道會騎到哪裡，盲目地在市區亂繞，彷彿後面有無數看不見的人在追趕，只要停下來，就會出事。

一直到懷中的手機響起，他看見是憨支打來，神智才漸漸清醒，知道自己應該要停車，先冷靜下來再說。

找到一個無人的戶外停車場，告訴憨支這個位置，叫他立刻趕過來，歐陽需要一個可以和自己商量的人。

將摩托車隨隨便便地停放，找到一個監視攝影機的死角，人躲在兩個停車格，也就是兩台車中間，雙手抱著登山包，呼吸與心跳一起加快。

拉開登山包的拉鍊，裡面是凌亂堆放得像回收廢紙的鈔票。

不過凌亂歸凌亂，卻一點都不影響其價值，他確認附近沒人，開始清算到底拿到了多少錢……

一張一張地數，每十萬用橡皮筋綁成一疊，一疊一疊堆出，瞳孔跟著數字膨脹一同放大。

「三百萬……」他倒抽一口冷氣，大概算出登山包內的價值。

三百萬不是足以翻天覆地的數字，三百萬連市中心的停車格都買不起，三百萬可能只夠買下幾張股票，三百萬就是三千張千元大鈔，介於「很多」與「不少」之間。

這樣的金額不能逆轉人生、不能從此過著無憂無慮的日子……

「夠了，這樣夠了！」

歐陽將頭埋進登山包，用盡全力地大吼，宛若這幾年的痛苦都在這秒鐘得到解脫。

原本不可能的，統統都有了可能，黑暗走到盡頭，忽然出現了光。

說不定能再回去讀書。依自己的才能，重讀一年或許考不回醫學院，不過什麼科系都好，物理系、數學系、英文系……一定沒問題的，只要能把人生扳回原先的軌道，怎麼樣都可以，真的，怎麼樣都可以……

可惜，這些美妙的願景尚未成真。

歐陽掏出手機，果然又收到兩封含有密碼的簡訊，本來依照上頭的交代，一台ＡＴＭ領三次，共九萬，然後再領兩台，總共是二十七萬，今天的工作就算結束。

簡單來說，只要繳回二十七萬，其餘兩百七十三萬可以留下。

「兩百七十三萬……」歐陽唸著能終結不幸的魔幻數字。

不過，這錢是怎麼來的？

他輕顫著用手機搜尋是不是有相同的案例，良久，頂多是找到外國曾有銀行系統出錯，導致ＡＴＭ胡亂噴錢，這也是十幾年前的事了，現在的ＡＴＭ提款都有諸多的限制，出現故障的機率很低。

另一個問題，這三百萬是誰的？

他很肯定不是虎堂的錢，因爲他們爲了防止戶頭被凍結，不會把雞蛋都放在同一個籃子，擁有上百、上千個人頭帳戶在調度，講求在最快的速度內，將騙來的錢取出。

「他們不會在一個帳戶放這麼多錢……」歐陽低吟著，漸漸笑了起來，「說不定就是運氣好，單純是財神保佑，銀行的系統出錯，根本就沒有人損失。」

「幹，怎麼沒人？」憨支嚷嚷的聲音響遍整個無人的停車場。

歐陽趕快拿出二十七萬及三張提款卡，從停車格之間出來，強迫自己保持氣定神閒的模樣。

「靠北喔，你幹嘛蹲在那邊棒賽？」憨支白爛地大笑。

「又不是什麼光明正大的事，當然要低調一點。」

「你這他媽的也太低調了。」

「廢話少說，這錢跟卡你拿去，清點一下，替我轉交給德叔。」

「喔。」憨支接過二十七萬及提款卡，慎重地放在摩托車置物箱。

「那我走了，改天約。」歐陽單手勾著登山包。

「等等，你是不是有遇到什麼事？」

「……沒有，你在說什麼？」

「是嗎？覺得你有點怪怪的。」憨支搔搔頭，說不出個所以然。

「想太多。」歐陽沒理會他，走到自己的摩托車旁，準備跨坐上去。

就是這個「跨」的動作，一個平凡無奇到身體本能的反應動作，歐陽忽然重心一偏，像是被「撞」了一下，眼角餘光似乎見到了一瞬而逝的殘影，快到不太眞實，可以歸類成單純的眼花。

登山包卻湊巧掉出了兩疊藍色鈔票，以聖筊一正一反的狀態，依地心引力的拉扯，落於停車場的水泥地。

如有神應。

□

華北銀行，中區分行。

ＡＴＭ前，一名少女邊操作、邊用手機。

ＡＴＭ兩側，阿爺與迎春各站一邊，中間隔著一人也不妨礙他們對談。

「迎春，在我帶妳逛過這麼多地方、見過這麼多人之後，我有第一道考題要問妳了。」阿爺一如往常地微笑。

對於財神見習，未來能否成爲正式的財神，賺取豐厚的福報，事關美好的來生，迎春就算知道阿爺沒個正經，也不得不認眞起來應對。

「前輩請問。」

「妳相信有人不要錢嗎？」

「相信。」

「妳相信有兄弟之情嗎？」

「我當然相信人們有崇高的情操，這也是我想幫助他們的原因。」

「說得好！」阿爺鼓掌，很滿意聽到的答案，「讓人快樂，是我最高的行事原則，如妳所說，人之所以有別於牲畜，正是有崇高的情操，或愛、或仁、或信……或義，沒錯，兄弟之情是最美妙的一種。」

在ATM前操作許久的少女總算是離去了。

迎春能毫無阻礙地看見阿爺的臉，以及他單純的笑。

「老實說，我是無法體會這種情感的……所以，妳懂吧？就像熱愛棒球卻又天生肢障者，會羨慕投手在投手丘上的英姿，然後買票支持、買球衣和加油棒，用實際行動的贊助去跟選手站在一起。」阿爺用了不算太好的比喻。

「我不太明白，前輩是想……」迎春試探地問。

「我要履行承諾了。」

「……什麼承諾？」

就在迎春的疑惑中，打扮成登山客的歐陽，用看似穩定但實際上明顯急促的步伐走到ＡＴＭ前，頓時，她明白是什麼承諾了。

「是他們在財神廟的祈願……」

「經過我們這麼多天的觀察，證明他們是不折不扣的兄弟，雖無血緣關係，可互信互助，將一個『義』字發揮得淋漓盡致，就算目前財格看似不佳，我卻相信他們一定會闖出一番成就。」阿爺說得鏗鏘有力，渲染力極強。

可惜沒被渲染到的迎春，急忙說：「前輩……你確定嗎？」

「當然確定，妳不是也立下宏願，要成爲讓人快樂的財神嗎？」

「是，不過……」經過育幼院的火災，迎春變得有所保留。

「妳在懷疑？」

「不是這樣，只是……」

「不要懷疑自己。」

「沒有，我是認爲，應該更謹慎……」

「不用再應該了。」

「等等。」

「身爲妳的前輩，我理應以身作則，達成對信徒的承諾。」阿爺一掌拍在ＡＴＭ之上，一槌定音地大喊：「財源滾滾來！」

「前輩！」迎春大喊。

ＡＴＭ彷彿在呼應這聲吶喊，吐出了一疊三萬塊……然後，又吐出了一疊三萬塊，又吐出了一疊三萬塊，無窮無盡，一副不把自己體內的錢全吐光勢不罷休，荒誕不羈與不可思議融成一段超現實的動態畫面。

彷彿神與人皆不能碰觸的世界，時間不約而同地減低流動的速度，迎春像是觀賞著４Ｋ、每秒九十幀拍攝的高畫質慢動作影片，歐陽的臉部肌肉和五官的細微變化都一清二楚。

緊張、謹慎、詫異、不解、恐懼……再來，迎春也分辨不出歐陽的表情代表什麼，哀求？痛苦？還是憤怒？

「那是快樂喔。」阿爺淺笑著，輕輕地開口。

「前輩……」迎春皺起雙眉，不知道爲何覺得危險。

「當人快樂到極致就會露出這樣的表情，三分像人、七分像獸……這是沒被道德約束，還沒被現代價值影響的原始樣貌，妳看……多美、多純粹吶。」阿爺由衷感歎。

「他財格有限，前輩動用神權一次給這麼多，不怕物極必反嗎？」迎春有些擔心。

「我相信他……嗯，我們要相信本該成爲醫生的他。」

「……眞的沒問題嗎？」

「放心，沒事的，他已經裝滿錢，要順利離開啦。」

聽阿爺這麼說，迎春的注意力重新回到歐陽身上，果然見到他把錢都放進登山包內，神色匆匆地騎上腳踏車遠走，人影隨即消失在騎樓的轉角。

「前輩，我還是覺得不太對勁……」

「怎麼會呢？」

他們都釘在原地沒動，迎春揉著太陽穴，努力地思索出到底是哪裡不對勁，阿爺則是瞇起雙眼，舔舐著嘴角，宛若剛剛發生的事是山珍海味，是回味無窮的美餚。

二十分鐘，不到，大概只有十分鐘，迎春確認時間，總算明白到底是哪裡不對了，眼前的警車與剛剛趕到的銀行行員證明了疑慮。太快被發現了……快得不正常，如果有這樣的速度，那詐騙集團的車手早就該絕跡。

銀行行員開啓銀行的鐵門，準備確認損失金額，警察已經拉起封鎖線圍起ATM，像通靈一般知道這是犯罪現場，開始聯絡鑑識組的同事趕來採證。

「前輩，如果歐陽按銀行的規範只提走九萬……是不是要等到被害人報案，銀行和警察才會察覺……」警察與行員的對話迎春聽得一清二楚，她的腦袋轉得飛快，嘴巴越說越慢，表情越發嚴重，「沒想到，因爲一次提了太多，反而直接觸動銀行的內部警報。」

阿爺只是微笑。

「前輩……這是怎麼回事？」

「人的社會與我們的不同，他們的觀念也與我們的不同，或許有所謂贓款、黑錢的名稱，但對財神來說，錢就是錢，是最能直觀展現福運的一種物品，僅此而已。」

「……是嗎？」

「妳難道沒聽過『發一筆橫財』這種講法嗎？橫財的來源往往不會太合法，況且所謂的法律也不過是人自己設計的，與神無關。」

「……」

「妳有顧慮的話，不如跟下去見識歐陽到底有多開心吧。」阿爺比出出發的手勢。

「嗯，我們去看看。」迎春點點頭。

來到社區附設的私人停車場，他們馬上就找到躲在兩台車之間的歐陽，正如阿爺所料，歐陽是真的很開心，那種亟欲掩飾但又開心得受不了的獨特神情，一而再、再而三地證明，就算這筆橫財有風險，也不會讓開心這種情緒減少半分。

早已經全自動化收費的停車場沒有管理員，附近沒有觀光景點所以也沒有什麼人須要停車……大概只有四分之一的停車格有車，唯一的活人就是歐陽。

迎春蹲在歐陽正前方，僅有一公尺的距離，她可以很輕鬆地觀察著歐陽在數錢的細微動作，同時不解地問：「前輩……三百萬是很大一筆錢嗎？」

「不算大，也不算小。」阿爺用經驗估算，「頂多買一間小套房吧。」

「那爲什麼……」

「開心成這樣？」

「是……」

「因爲這筆錢，能買到的不是車、不是房、不是任何昂貴的事物。」阿爺也很開心地說：「而是人生，他能夠買回原本偏離的人生，這就是錢最了不起的力量。」

「原來如此……」迎春其實不算全懂。

「這下子瞭解我的用心良苦吧？是不是完美契合財神的最高目標『讓人開心』？」

「的確是。」

「嗯，那我也算是完成了當初在財神廟跟這位信徒的承諾了。」

「恭喜前輩……達成部分的業績。」迎春的語氣仍有些遲疑。

「感謝、感謝。」阿爺喜孜孜地拱手。

「咦？他也來了。」迎春站了起來。

一輛摩托車駛進停車場，那戲謔式的髒話，立刻就表明了憨支的到來。

「歐陽眞不錯，竟然願意和朋友分享這筆錢。」迎春再次被他們的兄弟之情感動。

「啊，差點就忘記這個傢伙了。」阿爺雙手一拍，像在苦惱自己的記憶力退化。

歐陽將二十七萬的現金與三張提款卡交給憨支，交代要全數轉交給德叔，憨支愼重地收好後，似乎察覺到歐陽與平常的樣子不同，這可以說是長年在麻將桌磨練出來的能力，對於察言觀色，憨支自認很有一套。

迎春有些意外，歐陽居然沒對憨支坦白，只是嘴巴說說沒事，人已經要跨上摩托車準備走了。

「今天，也讓你心想事成！」阿爺低喝一聲。

一秒，或是零點五秒，他用最短的時間跨入塵世，不偏不倚地撞了歐陽一下，然後立刻退出回到神的世界，對於被撞的人來說，根本什麼都沒看見，還以爲不過是血糖過低導致的眼花與目眩。

不過，兩疊從登山包掉出的鈔票，毫無遮掩地出現在憨支的視線中。

總計二十萬。

「漂亮！剛好二十萬。」阿爺宛若花式溜冰的比賽選手，一個俐落的旋轉，停滯、敬禮，如表演曲目的最後一個音符響起，爲所有的觀眾致上敬意，「這樣一來，我所有的承諾都已經達成。」

憨支的笑容變得有些僵硬，等到撿起地上的二十萬，表情已僵硬到不能稱爲笑。

歐陽伸手要取回自己遺失的東西。

憨支往後退一步，沒有失去這筆錢。

「怎麼會有這些錢？」

「情況很複雜，晚點會跟你解釋，錢先還給我。」

「你的背包裡還有多少錢？」

「……我說了，晚點會解釋。」

「幹，我只要知道一個數字而已。」

「……」

「喂。」

「好，大概快三百萬。」

「幹你娘！三百萬？」憨支的雙眼放大。

歐陽不厭其煩地說：「錢先還我，晚點會跟你講三百萬是怎麼來的。」

「怎、怎麼來的？」

「……」

「你他媽的這樣吊胃口？」

「我還有急事。」

「沒關係，我跟你去。」

「……」歐陽感到惱怒，面容不善。

「你這麼急，就是要去爽、要去花錢嘛。」憨支也完全沒有平時的傻樣。

「錢還我。」歐陽慢慢地說出這三個字，最後的通告。

「操你媽的，我們之間的交情，你有需要這樣嗎？」

「我是眞的有事要去處理。」

「欸，把錢先借我。」憨支平時眞的沒跟朋友開口要錢的習慣，所以故意說得很輕佻，掩飾自己的無地自容。

歐陽當作沒聽見，心裡懊悔得想一頭撞死，最初是因爲無法冷靜，所以才想通知憨支來討論，不過冷靜之後，明白這筆錢有多大的用處，馬上爲剛剛的莽撞感到後悔。

「先借個兩百五給我，從下個月起，我每個月還十萬，兩年內還清。」

「你欠這麼多？」

「明的欠一百多，暗的欠快三百……」

「你欠高利貸快三百萬？」歐陽難以置信，「都當過討債公司打手，你還敢借？」

「幹你娘，因爲我沒有穩定工作，銀行只能借我這點啊。」

「那就不要賭啊，連麻將你都可以賭到傾家蕩產，太誇張了吧。」

「以前都會贏的，幹，我怎麼會知道爲什麼突然不會贏，幹雞掰，換了一桌又一桌、換了一家又一家，就是一直輸輸輸輸輸，輸到之前贏的都沒了，幹，我當然要借錢下去凹啊，哪有整天都在輸的！」憨支說到後來幾乎是在咆哮。

「有，不就是你嗎？」歐陽一聽到這種賭法，就跟股票不斷扔錢下去平攤一樣，想起那個垃圾父親，心頭更是火大。

「打麻將不是比運氣，幹，你有聽過今天還很會打，隔天突然就不會打牌的鳥事嗎？不可能啊，我的牌技絕對沒問題。」

「你有沒有聽過投手失憶症？連職棒投手都有可能忽然不會投球，何況你這種半吊子賭鬼。」

「幹你娘，你說那些我聽不懂啦，就問你一句，借不借？」憨支惱羞成怒地喊。

「我不能借，因爲借再多也是輸掉。」

「……幹，我可是幫你擋過一刀。」

「你當時身上揹著三、四個案子，怕被抓進去就再也出不來，我毅然決然替你進去關了三年，連一句抱怨都沒有，你還想要怎麼樣？我的人生都變成這副德性了，你到底還想怎麼樣？」

「當時你和芬芬在ＫＴＶ被堵到，如果不是我拚一條命，還硬吃了一刀砍死對方，馬的，你們早就在排隊投胎了啦，還有機會跟我靠北靠母？」憨支吐口口水，不屑道：「幹，才三年，眞好意思講。」

「你還沒說，到底想怎樣。」歐陽的語氣很冷。

「借我兩百五，兩年內還你，我保證。」

「如果我不借呢？」

「你知道利息有多重……如果我們兄弟一場，你還見死不救，就不要怪我。」憨支並不願意說出這種話，但還錢的壓力逼他不得不說。

而且，他實在沒料到歐陽會不幫忙。

歐陽充滿敵意地說：「搶我？」

「是你逼我的。」憨支沉聲道。

不願再多說，歐陽拉緊登山包再次跨上摩托車，意思相當明顯，就是「我要走了，沒得談」。另一邊的憨支一手拉著登山包，「錢留下，人可以走」的意思也很清楚。

歐陽以迅雷不及掩耳的速度抽出藏在外套口袋的蝴蝶刀，往憨支的手腕割去，試圖逼迫他鬆手。

就算即時放手，手腕仍被割出一道血痕，憨支嗅到血腥味，天生的暴力因子立刻刺激他的大腦，粗頸冒出青筋、雙目浮出血絲，弓起手臂，揮出不留情面的一擊。

摩托車倒了。

歐陽的左頰腫起。

憨支的右手臂被刺一刀。

兩人在停車場生死相搏。

「怎、怎麼會變成這樣……」從頭到尾都站在一旁的迎春不能理解，爲什麼一對從小認識的摯友會在短短的幾分鐘反目成仇。

「不可思議……人，眞的太不可思議了。」阿爺的表情沒有半分詫異，反而用力抿著唇、張大眼睛，驚慌失措……深怕自己沒忍住，不小心就笑出來。

「前輩，難道沒有能阻止的辦法嗎？要是鬧出人命，天……天庭會怪罪我們的。」

「別緊張。」

「不能不緊張吧，前輩！」

「放心，還沒鬧出人命，他們會節制的。」

「啊，刺中第三刀了，地上都是血。」

「才幾滴而已，別擔心。」

「前輩！」

「難道……妳還想干涉塵世嗎？」

「現在不干涉不行啊。」

「沒有其他折衷的辦法嗎？」

「沒有！」

「嗯，如妳所願。」阿爺不捨地推了迎春後背。

迎春踉蹌一步，回頭一看前輩已經不見，自己擁有的金光也消失，還搞不清楚是怎麼回事，只覺得額頭有點濕黏，反射性地抬手去摸，指腹都是鮮血……

分不出是歐陽或憨支的鮮血。

在自身範圍兩公尺內忽然多出一個人，已經打紅眼的歐陽與憨支一齊退後好幾步，拉開一個安全又能確認情況的距離。

他們雖然意見相左大打出手，此刻想法卻意外地相同，無法理解怎麼會突然多出一個女高中生還是女大學生？不清楚，反正就是多出一個少女，活生生多出一個人。

他們非常肯定這個世界沒有超能力，沒有瞬間移動或者是空間穿越，所以唯一的解釋就是，他們打得太過投入，沒注意到有人無聲無息地靠近，沒錯，他們自動朝唯一能解釋的假設去想。

「前輩……」迎春想哭。

□

迎春的出現，的確讓他們罷戰了。

先不論莫名其妙出現一名少女太過匪夷所思，讓怒意、衝動消失大半，歐陽本就有更要緊的事要去做，不願意再浪費時間，繼續拖下去風險會一直升高。

另一邊，憨支即便在體格上占上風，也成功命中對手好幾拳，可是手臂跟肩膀被捅出兩個洞，血完全沒止住的跡象，再不包紮後果難料。

歐陽吐掉嘴巴內的髒血，忍住全身不斷傳來的疼痛，拖著不穩的腳步去扶起摩托車，隨後揚長而去。

憨支見他離開，脫掉汗衫撕成兩段，先替傷口暫時止血，痛歸痛、傷歸傷，他並不是一無所獲，撿到的二十萬還在長褲的口袋內，妥妥的，絲毫未損。

傷口比想像的深，用這麼粗糙的手法效果很差，不過他還有三個案子在身，沒有辦法堂而皇之地去醫院。

警方一直在搜查他，現在的確沒有什麼成果，連他的蹤跡都找不到，可若憨支到醫院，很可能會留下指紋或血液樣本，到時就有很高的機率出現在警察的雷達中……

「幹你娘，下手太狠了吧。」

「請問……你還好嗎？」

「幹！」

魁梧的憨支像個受驚的小兔子向後跳了兩步，可能是錢的關係，也可能是傷口的痛楚，讓他忘記這裡還有其他人。

「抱歉，我沒有惡意。」迎春柔聲道：「就算你看起來像人渣，這一路走來六親不認壞事做盡，連僅有的兄弟情義也沒了，但我還是希望你不要有事。」

「妳他馬的，妳是人是鬼？」

「都不太算……」

「妳到底在說三小？幹，妳到底是哪冒出來的。」

「我討厭髒話也討厭你，不過我並沒有神權去審判是非。」迎春推推眼鏡，認眞地說：「總之，需要我幫忙叫救護車嗎？」

「滾，給我滾遠一點，幹！」憨支顧不得傷口在滲血，連滾帶爬騎上自己的摩托車，頭也不回地駛遠。

「唉。」迎春抬起頭，讓粉紅色的髮絲隨冷風飄動。

橙色的夕光如一片沒有溫度的野火，燒得停車場有幾分蕭瑟與哀愁，她討厭這個時段，本該明亮的天、白亮的雲，被夕陽無差別地焚燬，直到漆黑、直到一無所有、直到不打開燈就什麼都看不見。

夜，特別是今夜。

「他們大概不好過了……」

「這個塵世，就是越夜越美麗呀。」

「前輩，他們未來會變得怎麼樣呢？」

「我不知道哎，身為財神的責任，在他們發大財之後已經結束了喔。」

「……」

「不過我早就提倡一種類似售後服務的概念，應該定時追蹤服務過的信徒才對。」

「前輩……我已經分不出你是認真還是開玩笑了。」
「妳猜猜看他們發了一筆橫財，會跑去哪裡happy？」
「他們，真的開心了嗎……」迎春有些懷疑了。
「怎麼可能不開心？如果說連錢都買不到快樂，這世界還有什麼更有價值的東西能買得到快樂？」阿爺聳聳肩，雙手一攤，淺笑道：「反正，繼續看下去就知道。」
「……」迎春低頭，望著地上的斑斑血跡。
「欸，給他們一個機會，說不定晚點他們酒喝一喝就和好，理解兄弟之情的重要性，男人嘛，打過就沒事。」
阿爺雙手負於後腰，視線的方向與迎春剛好顛倒，看著無光的天空，沒有月、沒有星空，夜得毫無生氣，黑壓壓的，宛若是暴雨襲來之前的海，平穩，卻隱隱有懾人之物在翻騰。

一夜無事。
但已經醞釀到了臨界點。
在這個訊息傳遞飛快的世界，華北銀行ＡＴＭ被離奇盜領三百萬的事被傳得沸沸揚揚，有鑑於過去第二銀行ATM曾經被駭客破解損失兩千多萬，所以這回新聞媒體都認爲是二銀案的重現。

掌握更多線索的警方，從歐陽插入的提款卡紀錄，查到這是標準的人頭帳戶，是詐騙集團愛用的方式……所以是一個詐騙集團擁有了一位世界級的駭客，用了全台灣資安專家都無法理解的手法，乾淨俐落不著痕跡地肢解掉數十道安全防護？

有這樣的技術，還經營什麼詐騙集團？怎麼才盜走區區三百萬？

不可思議。

於是，出現在監視器錄相的登山客成爲最重要的破案關鍵，警方一面尋找歐陽、一面從詐騙集團下手。

看似與這件事無關的憨支，隔日一大清早就去黃昏市場找德叔。

正如名稱，早上的黃昏市場沒有攤販，只有一個又一個用鐵鍊鎖緊的鐵架、鐵櫃、桌椅，這個時段沒客人、沒有吆喝，憨支很快就找到正在吃早餐的德叔，一臉嚴肅，完全沒半點笑意，似乎昨晚失眠，氣色很糟糕。

見到憨支腳步有幾分虛浮，明顯是受了傷，德叔二話不說放下吃一半的麵，趕緊帶著他快步走到黃昏市場旁的一間診所。

說是診所但看起來有些凌亂、陰暗，外頭連個招牌都沒，醫生就睡在診所的二樓，八成是無照的密醫。

憨支不太情願把自己的傷交給看起來像流浪漢的臭老頭。

「相信我，坐下就對了。」德叔一邊說、一邊把鐵門拉下一半。

日光被斷在外面，診所只剩慘白的日光燈。

憨支乖乖坐在診療椅上，拆掉亂七八糟的繃帶，兩個刀傷還在滲血。

老醫生連手套都沒戴，老成地看一眼，拿出不知道有沒有消毒過的醫療器材，簡單地說：「要麻醉、要縫。」

「傷口到底是怎麼回事？」德叔雙手抱胸。

「幹，是歐陽捅的。」憨支恨恨地說。

「我原本打算過陣子要退休了……你們兩個混帳敢惹出這種大禍。」德叔無奈地問：「發生了什麼事？」

「幹你娘，我去找他拿錢……」憨支用口頭禪當作開場白。

省略掉百分之三十的關鍵沒講，只描述了歐陽拿到一大筆錢，卻不願意把錢繳回來，兩人大打出手……百分之七十的內容都著墨在拳頭如何對決蝴蝶刀還不落於下風的武技，鉅細靡遺地說完整個又臭又長的打鬥過程，最後導出一個結論。

「歐陽吃了所有的錢就跑，不管我怎麼勸，要他至少將虎堂的錢繳給德叔……但是，幹，他根本不鳥！」

「嗯……」好不容易聽完的德叔沉吟。

「見錢眼開的傢伙，操！」憨支仍忿忿不平。

「你是不是很小就認識歐陽？」

「是啊，他還這樣對我。」

「嗯。」

「幹，德叔，你看我長大的，一定知道我多重義氣，操他媽的，這兩刀眞是傷透我，過去的交情都是屁！」

「歐陽有受傷嗎？」

「他吃我幾拳，應該有。」

一直在診療椅周圍繞圈漫步的德叔停下腳步，徐徐地說：「所以說，受傷的歐陽帶著一大筆錢逃了，半分都沒給你。」

「是啊，幹他媽的。」憨支咬牙切齒。

「你知道歐陽住哪吧？」

「知道。」

「他的兄弟姊妹爸爸媽媽女友朋友呢？」

「他爸幾年前欠一屁股債跑了，他的馬子聽說很有錢但是分了……其他的，沒聽他提過。」

「把知道的寫下來。」

「好。」憨支從老醫生手上接過紙筆，用拙劣的文字寫下一串地址，以及幾處歐陽常去的地點，再交給德叔。

德叔問了幾個醜到無法分辨的字，確認上面的內容之後，慎重地將紙對摺放進口袋，「你還有什麼要說的嗎？」

「……我？」

「嗯。」

「我該說的都說啦。」

「好。」德叔走到鐵門旁邊，輕輕地敲了幾下。

馬上就有七、八名或刺青，或嚼檳榔，或持棍的凶神惡煞彎腰進來。

憨支警覺到不對，立刻站起來想要逃，沒想到四肢失去力氣，連站都不是站得很穩，他立即聯想到，是老醫生趁機下的藥，這豈不是代表……眼前的一切，都是德叔設的局。

「你……你們……」

「你以爲跑到桃園去借高利貸，我就會不知道嗎？」德叔搖搖頭，像是在看一隻蒼蠅，「這個道上，哪裡沒有我的人？哪裡沒有我的朋友？」

「你們想幹什麼……」憨支的意識開始有一點模糊。

「歐陽給了你四十萬去還債，對吧？昨天晚上十點二十五分，跑去四方會開的地下錢莊還錢，是吧？你們兩個敢黑吃黑？一個唱白臉、一個唱黑臉吞虎堂的錢？」德叔冷冷地說。

「我、我怎麼會跟他合作……」

「你就是死在一個賭字。」

這是憨支失去意識之前，所聽見的最後一句話。

□

灣北港，附近的廢棄工寮。

已經三天三夜，憨支被塞在特大號的汽油桶內，宛若整個天地被無情地壓縮到連手腳都無法伸直，更別說還有什麼容身之處了。

工寮所在的地區，周圍一大片土地被列入都市更新計畫，準備全數夷平重蓋，這麼大的工程當然不可能在短時間內動工，於是漸漸成爲人煙稀少的荒廢之地，剛好適合黑道處理一些見不得光的事，然後將見不得光的東西利用灣北港載去外海丟棄。

憨支被折磨的時數，連自己都記不清楚了，如果從四肢被捆、塞進汽油桶就開始算，至少有七十個小時，他抱膝坐著，只有一顆頭在桶外，一隻眼睛幾乎被打得失去視力，頭髮被打火機以慢火燒掉七成，下排的門牙全被敲斷，此刻他的尊容實在是很像著名的布袋戲角色「哈買二齒」，而且是快死掉的版本。

「前輩……這太殘忍了。」迎春不忍多看，移開雙眼，環視這間敗破的工寮。

「的確是很殘忍，可是。」阿爺用力地拍手，敬佩地說：「了不起啊了不起！」

「哪裡了不起……」

「人性的光輝。」

「哪裡來的光輝啊？」

「妳太菜了，根本就不懂。」阿爺認眞地解釋，「所謂路遙知馬力，日久見人心，如果不是到達絕境，我們又怎麼會知道憨支是如此講義氣的人。」

「前輩，我完全聽不懂你在說什麼……」迎春的話說到一半。

憨支忽然驚恐尖叫，原來是德叔來了，手上還提著一組IKEA特價販售的DIY工具組，裡面有螺絲起子、小型電鑽、鐵鎚、活動扳手、鋼絲鉗、錐鑽……相當齊全。

「對不……對不起，德叔……對不起對不起……對不起對不起……」過去憨支的鐵漢形象也在工具組面前蕩然無存了。

「你不用跟我道歉，你知道我又來的原因。」德叔的口氣，像在責備偷東西的頑童，比起憤怒，更多的是無奈。

「德叔，欠你們的四十萬……我一定還，一定，不，不對，我加倍還，一定會還的……德叔……對不起……」

「你還在那邊四十萬、一百萬的，代表你根本搞不清楚狀況，我隨便送女人的項鍊就不只這個價，這一點小錢算得了什麼？」

「那爲什……」

「有兩個原因，一是你們讓我的面子掛不住，在這個道上混幾十年，大家信我，喊我一聲德叔，是因爲信用、因爲口碑，當仲介或中間人從來不多貪一毛錢，從、來、沒、有。」說到這，德叔的火氣漸漸上來，把工具組交給虎堂的打手。

「不，不是這樣的，不是！」

「二是，你們破壞了規矩。」

「一定還能商量，對吧？我知道錯了，德叔……對不起對不……不要過來，不要過來，啊！不要！」憨支在哭喊。

「左手的五根手指頭都拿掉，沒關係。」德叔像是偉大的慈善家，給得相當豪邁。

「不……求求你求求你，不要這樣，不……」

「我再給你最後一次機會，歐陽到底在哪裡？」

「已經說了，我全部都已經說了。」

「我們找了他三天，台灣就屁點大，歐陽怎麼可能平空消失？肯定是你在隱瞞。」

「沒有，我保證沒有！」

「沒想到，你還滿有義氣的，爲了兄弟連手指頭都不要。」

「絕對沒有，我這個人一點義氣都沒有，你想知道什麼……我統統能講……我統統都可以，只求、只求放過我……」

德叔挖挖耳朵，依然當他是個講義氣的男子漢，輕描淡寫地說：「想當重義氣的兄弟，我就成全你，動手吧。」

旁邊一人已經拿出全新的鋼絲鉗準備剪手指。

「等等、等等……」憨支淚流滿面，哭喊：「我想起來了，我想起他會在哪了！」

「在哪裡？」德叔問。

「歐陽曾經帶我……帶我去一間深山裡的廟，財神廟，對，是一間財神廟。」憨支像抓住一根浮木，一下子悲痛大哭、一下子興奮大笑，說出前往財神廟的路線。

「好，我記住了。」德叔用筆記錄到一半，突然抬頭道：「憨支，這個社會的規矩，跟國家的法律完全不一樣，其實，更像一種後果的紀錄。」

「不敢……再也不敢了……」憨支求饒。

「不是因爲有人規定貪了組織的錢所以得死，而是貪了組織的錢會死，所以才會出現這條規定，來提醒所有人某些錢碰不得。」德叔語重心長地說：「這次害得虎堂經營多年的基業曝光，被警察抄掉一大半，連我都快保不住自己吶。」

「德叔一定、一定有辦法救我……」

「你知道爲什麼我都不勸你戒賭嗎？」

「不……不知……」

「我從不浪費口水去勸死人。」

「……」

「你知道爲什麼我現在又跟你說這麼多嗎？」

「幹……不、不要……」

「我希望，你下輩子能好好做人。」

□

山中小廟。

今日如之前百年的任何一日，除了多出一名暫住的過客，其餘四周包圍的樹群，以及如同無盡之雨的落葉都沒變，蕭索、幽靜、恍若隔世。

歐陽已經在這待了三天，滿臉的鬍碴、發出臭酸味的衣。

千篇一律的麵包與餅乾，讓他格外地痛苦，不敢離開此地的徬徨，讓他失去所有的勇氣，宛如過街老鼠，只有處在不引起注意的地點才會感到安心，財神廟成爲他的陰暗水溝，不舒適，但安全。

他滿手的現金，可以入住全台灣任何一家飯店，不過警方正全面追查「華北銀行盜領案」，外頭風聲鶴唳，大搖大擺地去住賓館或汽車旅館，簡直跟向派出所自首無異。

當然，他也能在三溫暖、網咖這些社會陰暗的死角暫居，問題是，來自黑道的眼線無孔不入，不到一個小時就會有人通風報信，然後德叔或是虎堂的小弟就會開好幾輛廂型車，帶十幾二十人在光天化日之下押人。

歐陽不明白，明明沒做什麼壞事，不過就是拿了ＡＴＭ額外吐出的錢，卻引起這場毀滅性的風暴……劇烈到超乎想像的程度。

用手機一直看新聞掌握最新的報導，什麼「全台灣資安專家都摸不透的手段」、什麼「疑是俄羅斯最惡名昭彰的駭客入侵」、什麼「跨國合作的詐騙集團全面進化」，全部莫名其妙到了極點。

他不過是去提款，然後ＡＴＭ主動噴出三百萬……就這樣，他認爲自己根本沒犯什麼法，就像在地上撿到錢，僅僅如此，不過是數量比較大。

現在，他看向登山包，焦躁地抓著頭，恨不得一把火將鈔票燒個一乾二淨，反正絞盡腦汁也想不到要怎麼使用這筆錢，而不能使用的錢基本上和廟埕遍地的落葉沒有差別，頂多差在一個是黃色、一個是藍色。

歐陽想不到安全的洗錢方式，也沒有可信賴的洗錢管道。如果隨意把錢存進銀行，保證銀行下一秒就會通知警方；如果是走地下的途徑，像賭場、錢莊，勢必會驚動到德叔……

這就是一次惹到黑白兩道的下場，連個縫隙都沒有，老鼠都無法生存。這個時代，已經沒辦法帶著三百萬現金去消費，因爲太可疑了。

他在事發的第一天，曾經帶著登山包，想去解決卡在心裡最糾結的困難。整個過程像在跑一段困難重重、路途遙遠的馬拉松，好不容易、千辛萬苦見到了象徵完結的終點線，只離二十公尺，一個馬路寬，他只要走過去，用掉這筆錢，所有的問題解決，瞬間，一切都會得到解脫，偏掉的人生也能回到正軌……

「但是我很害怕，走不過去……就差一點點……我眞的走不過去……」歐陽跪在財神的神像面前，眼眶裡都是眼淚。

依社會關注的程度，警方必定全力偵辦，用盡所有資源追尋，是不可能還不知道誰領走三百萬的，既然知道是誰，就不可能不身家詳查，如果已經調查過了，就不可能不在一些重點地方埋伏。

終點線就在黑白兩道埋伏之處。

「我能到現在還沒被逮，是靠您的廟和您的庇佑……」他的額頭抵在保護神像的防彈玻璃櫃，不斷地低語、不停地感激，到後來語音全糊成一團，像是單純的悲鳴。

阿爺一如往常坐在櫃上俯視眾生。

迎春站在櫃邊神情極度不忍，甚至沒辦法看向歐陽的臉，那張原本清秀卻在短短幾日老去的臉蛋。

「……前輩，爲什麼他會變成這樣子？」

「我不知道。」

「比起憨支，歐陽算是個善人吧。」

「我不是判神，我沒資格判斷。」

「就算他的工作見不得光，但比起大部分的人，歐陽絕對算是個善人了。」迎春說出所見所聞，「從小天資聰慧，讀書努力認眞，一路金榜題名，考上第一志願，不幸家逢劇變，父親偷走所有家當投資失敗逃亡，歐陽不得不放棄學業扛起家計，開始鋌而走險賺非法的錢，之後替憨支頂罪坐三年牢，與交往多年的女友分手……」

「人的一生，是沒辦法簡單說完的。」阿爺淡淡地說。

「是的，前輩，我想說的是，他沒犯過什麼大錯，就不應該遭遇到這些。」

「嗯……」

「前輩，我們替他想辦法吧。」

「能有什麼辦法？」

「我們、我們過去給他指引一條明路。」

「妳還想干涉塵世？」

「沒錯。」迎春雙手握拳，像下定決心。

「這個干涉，影響會太過深遠……妳要明白，我們不過是財神，僅僅是個送財童子之類的東西，哪有神權去幹這種大事。」阿爺翻著白眼，「妳是不是電影看太多？那齣韓國人演的《與神同行》對吧？我就說過，那只是電影，ＯＫ？」

迎春沒有激動，僅是輕輕地問了個沉重的問題，「前輩，這是我們要的結果嗎？」

「虧我這麼看好憨支，沒想到他不顧兄弟之情……這也是沒辦法的事呀。」

「我們簡簡單單說出『沒辦法』這三個字……真的沒有問題嗎？」

「每一種職位的神，都擁有自己的神權，如果過度干涉塵世，很容易惹動那些平時躲在陰暗處不吭不響的傢伙……」

「傢伙？」

「城隍。」阿爺說出這個稱謂，臉色微變，抱怨道：「都是一群不食人間煙火、自以爲是的傢伙。」

迎春當然聽過城隍之名，不放棄地說：「但現在情況緊急，一定有什麼其他的辦法能讓歐陽回到正常的生活。」

「新聞鬧這麼大，我難道能用MIB的大型記憶刪除棒嗎？」

「我想成爲的財神，像西方的聖誕老人，帶給人們歡喜與希望。」

「我們財神可是日日忙碌，比起一年只忙一天的老屁股偉大多了。」

「重點是歡喜與希望！」迎春感覺到危機了，語氣急促。

「妳……」阿爺無可奈何。

「前輩！」

「好，我想想辦法，先讓歐陽脫離目前的困境吧。」阿爺盤腿而坐，雙手按住兩側太陽穴，雙眼緊閉努力思考。

「要快……」迎春拉著前輩的褲管，滿臉焦慮。

「我知道、我知道……」

「不然，前輩把我推過去塵世吧。」

「妳過去之後就是一般的血肉之軀了，傻瓜！」

「那前輩，要快，沒時間了。」

「好，讓我想想……」

「不行、不行再等。」

「我已經絞盡腦汁在想！」

「來不及了。」

「……」

「前輩……完了。」

「……」

「來了。」迎春抓住阿爺褲管的手在顫抖。

阿爺睜開深邃的雙眼，俯視著虔誠的信徒，面無表情，該來的果眞來了。

歐陽慢慢地以額磕地，三回。

再脫掉掛在胸膛的平安符，雙手恭敬地捧著，慎重地放在防彈玻璃櫃前，再神情肅穆地磕頭，三回。

他咧開嘴笑了笑，眼淚從眼角滾落，「還差兩天，我是沒機會對這張彩券了，請財神爺笑納。」

同一時間，三名黑衣人踏進廟埕，落葉遭踩踏碎裂的聲響迴盪在壓抑的小廟，他們發現尋找多時的目標就在正殿，匆匆的腳步持續挺進，順利完成上頭交代的任務。

「這段時間，多謝您的收留。」歐陽被其中一名黑衣人拖出正殿。

另外兩名黑衣人在清點登山包內的錢，表示沒問題，遺失的錢沒少。

黑衣人讓歐陽跪在廟埕的中央，那一片黃色落葉之上。

歐陽轉過頭，遠望著那尊財神像，表情釋懷自在，一手抹掉了眼淚，「也麻煩替我跟芬芬說一聲，抱歉。」

黑衣人拔出插在腰間的槍，拉滑套。

對準歐陽的後腦勺。

二話不說。

扣下扳機，砰。

歐陽的前額爆出模糊的血肉，倒下，四肢不自然地抽搐，宛若在做最後的掙扎。

砰砰砰，黑衣人再補三槍。

確認目標死透。

整個過程不到一分鐘，黑衣人乾淨俐落地完成刺殺，魚貫地上車離開。

留下一具屍體，與漸漸蔓延的血色。

風聲，蕭瑟，場面，淒涼。

「前輩，這還算是讓人快樂嗎？」迎春不能理解，完全不能理解。

「……」

「前輩……你說啊……這還算是讓人快樂嗎？」

阿爺雙手掩面，肩膀上下起伏，像在難過哭泣，緊接著，他的臉離開了手，緩緩地朝向一個奇怪的角度，對著正在閱讀這篇小說的讀者……也就是「你」說話。

「當然算是……讓我快樂。」

整個時空像是被按下了停止鍵，僅剩阿爺能夠自在地動作。

「喂，你，我就是在說你，頭髮沒剪，有些近視，臉上還有幾顆痘痘的你，沒錯，就是你，別以爲你像個變態一樣在第三條世界線窺視會沒有人知道，拜託，我知道得一清二楚。」

阿爺壓抑許久的臉部肌肉總算是解除限制，再也沒有半點笑容，如平靜的死海，連一點波濤都沒有，幽幽地凝視著你，閱讀這篇小說的你。

「以上，財神實習教育課程第一階段結束了，我眞是了不起，請給予一點掌聲吧，多謝。」

「我是講求實際操作的教育者，爲什麼？因爲這樣比較省事，比方說，你教小孩不可以玩插座，其實教一百次都沒有效果的，不如鼓勵他去玩，狠狠地電一次，我保證只要是智力沒問題的小孩永遠都不敢再碰。你問萬一小孩電死怎麼辦？那我只能說這是天擇，上天要淘汰掉愚蠢的基因，怪不得我。」

「當我聽到迎春用聖誕老人來類比財神，我就知道她完全沒進入狀況。財神是擁有強大神權的神祇，掌握人們的機運，跟那種定時送出飼料的自動寵物餵食器比較，簡直是天大的羞辱，何況還是一年只定時一次的破爛機種。」

「干涉塵世是每一種神祇都在琢磨研究的深奧學問，要如何最低程度地干涉，不被城隍盯上，然後最大幅度達成目標，每一位神都想知道，甚至有神開課教學，譬如說想弄死一個人，我可以用幾億現鈔將其埋死，也可以動根手指引發連鎖效應，讓其摔死在水溝……當然，這只是譬如說，基本上我對殺人沒有興趣。」

「你問我爲什麼挑上歐陽與憨支？」

「……這是什麼爛問題，我就偏偏沒有特別的理由。你不信？不信我也沒辦法，拜託，別鬧了，難道我做什麼都須要跟你坦白嗎？難道我還得承認自己的個性就是經不起激？」

「好，我坦承自己的性格就是激不得，所以千萬不要讓我聽見『我不愛錢』、『錢非萬能』、『錢有什麼用』、『某某某在我心中比錢還重要』諸如此類的屁話，我一旦聽見，就會被激起與生俱來的實驗精神，讓說出這種屁話的人深刻地領悟到這個世界最重要的就是錢，遠比父母兄弟姊妹親朋好友妻子丈夫重要。」

「任何否定這點的人，只是還沒窮過罷了，懂嗎？」

「最近的一個例子就是憨支，他第一次到財神廟，滿嘴髒話，態度不敬，ＯＫ，沒有關係，畢竟這幾年無神論者越來越多，本來就不須要尊敬認知上不存在的東西，這點我沒有意見。但是他，千不該萬不該就是說出了『我又不愛錢』這五個字。」

「我對這種句子的敏感程度，堪比處男發現未婚妻使用驗孕棒，會抓狂、會控制不住自己、會極度希望說出這種話的人徹底後悔，然後用其卑微可笑的一生反省錯誤。」

「你信不信在憨支被塞進汽油桶之後，如果有能夠擺平所有債務的三百萬擺在面前，你要他脫褲子表演彎腰自己舔肛門，他也會冒著脊椎折斷的風險努力嘗試？」

「至於我的學生，相貌相當可愛的迎春，嗯……她就是個不食人間煙火的女人，滿腦子想的是幸福、美滿、世界大同，看起來天真無邪，還有一股想造福大眾的傻勁。但我告訴你，通往地獄的道路往往是由善意鋪成。」

「人的社會就是零和遊戲，沒有人輸，就沒有人贏，相信經過這次由我精心安排的教學課程，迎春應該會徹底成長，明白財神的工作範疇，以及，領悟到『人』究竟是多貪婪的生物。」

「總之，廢話說得太多也沒用，改天有空再來陪你聊聊天，先這樣，再見啦～」

阿爺說完，恢復最一開始雙手掩面的動作，停滯的時光又開始流動……

「前輩，這還算是讓人快樂嗎？」迎春凝視歐陽的屍體，不由自主地再問一次。

「我是很希望讓人快樂，只是，我們可能做不到。」一向維持陽光男孩形象的阿爺難得沮喪。

迎春抹掉了眼角的液體，有些像是在逞強地說：「不，我們做得到！」

「咦……」

「讓人快樂的信念，絕對不是錯的，我們頂多算是用錯了方法，只要努力改進、繼續改進，一定會走上正確的道路。」

「……」

「前輩，我們再繼續奮鬥，讓更多人快樂吧。」

「喔，好、好啊。」

「我不會放棄的……」迎春若有深意地自我宣示，像在加強自己的信念，「絕對絕對不會放棄。」

「非常好，只是，還記得我曾經帶妳去醫院探望一位信徒嗎？」

「記得。」

阿爺相當欣慰地轉過頭來，緩緩地勾起嘴角，笑得很深很深，面對讀者說：「看來，我們需要第二階段的財神實習教育課程囉。」

第 2 章
嚴太太

林口醫院。

一間不像病房的單人病房。

所謂的病房，要有三個基本要素，位於醫學機構、有醫護照料、裝置醫療器材……這間單人病房，除了位於林口醫院外，沒有醫生看診、沒有護理師照顧，環視整個六坪左右的空間，別說生理監視器、血氧機、製氧機了，竟然連個點滴都沒有。

統統被院方拆走了。

要不是那張能電動升降的病床，真的看不出來這裡是病房。

在病床的周圍，有方便移動的輪椅與拐杖，有六、七個堆成人高的紙箱，目前充當成衣櫃，本來給家屬睡覺的躺椅下塞滿舊的報刊雜誌，更神奇的是，還有一張自己搬來的梳妝台，鏡子前擺的不是保養品，而是各種雜物、食品包裝袋。

這裡，對嚴奶奶而言，不是病房，是家。

唯一的家。

牆壁上掛著液晶電視，正在播放新聞，在靜音的狀況下沒發出半點聲音，嚴奶奶坐在床邊，窗外的山景並非她滄桑雙目的落處，貼在玻璃窗面，一張印有財神像的春聯才是。

這是她用不穩的腳站上躺椅，用發抖的手親自貼上去的，有點歪斜，可已經是盡力而爲。

所以嚴奶奶的頭也有點歪斜。

住院的生活，其實很愜意，一大早起床，梳洗完畢，早餐差不多送來了，吃完後看完晨間新聞，就去林口醫院占地廣闊的花園、池塘走幾圈，這時候可以見到許多長期住院的病友，被家人或看護帶出來散步，大家聊聊天，愉快的時間很快就過去。

回病房吃完中餐，就睡睡午覺，看身體是不是有不適之處，譬如頭痛、牙酸、關節疼……像昨天嚴奶奶午覺睡不著，聽說失眠有可能是心血管疾病或是神經受壓迫，算是嚴重的病徵，不能小覷、不能諱疾忌醫，必須到門診區掛個腦神經內科瞧瞧。

當然經過醫生的專業診斷，失眠的原因就是睡太多。

嚴奶奶依舊希望開個安眠藥，醫生十之八九會拒絕，但她不以爲意，禮貌地道謝回到病房，這樣子下午的時光就算打發過去。

等到晚餐送來，這種醫院提供的病人餐，低鹽、少油，沒什麼滋味，愛吃辣的嚴奶奶當然覺得很難吃，不過一想到這種餐點健康、安全、養身，就比較嚥得下去。

晚上的時間，就跟大家一起擠到交誼廳去看八點檔連續劇，等到該看的都看完了，交誼廳準備關閉，便可把所有過期的報紙、雜誌搜刮到病房，戴上老花眼鏡，當成睡前讀物。

嚴奶奶七十歲的年紀，外觀看起來還算健康。

她今天哪裡都沒有去，只是愣愣地坐在床邊，對著財神像說話。

她信奉財神多年，但不相信財神眞能夠改變什麼，祈願不過是一種習慣，順便求個心安。

「請財神爺保佑，我們……」嚴奶奶欲言又止，主因是想不到還能求些什麼。

對於財神，最主要當然是求財，可是這輩子求過了上千回，錢卻是越求越少，再求下去沒什麼意義。當然，會有這種下場，純粹是自作孽不可活，與財神沒有半點關係，就算財神想要保佑，恐怕也無能爲力。

忽然，她感到格外悲傷，無所求的人生，其實就是在等死而已。

「嚴奶奶。」護理長推開病房的門進來，後面還帶著一個跟班。

護理長已經四十幾歲，從二十五歲那年轉來林口醫院工作，時間一晃接近二十年，卻是第一次遇見這種病人。不過她臉上的表情依舊保持著職業素養，開口說話沒有挾帶任何私人情緒。

「護理長。」嚴奶奶和藹地笑了笑。

「有兩件事要跟妳說一聲。」護理長輕拍旁邊的年輕護理師，「第一件，這是新來的護理師叫翠杉，如果妳身體有不舒適的地方，可以找她。」

「妳好。」嚴奶奶點頭。

「嚴奶奶好。」翠杉剛從護校畢業，滿腔熱誠地打招呼，一身嶄新的護理師服，更襯托出她的拚勁。

「第二件，明天，主治醫生聯絡了主任，會帶著幾位住院醫生聯合會診，對妳的病情做出判斷，請一整日都不要亂跑，先待在病房等待。」護理長清楚地交代。

「……」

「嚴奶奶？」

「是……我知道。」

「那我們替妳整理一下病房好了。」護理長捲起袖子。

「爲什……」嚴奶奶還沒問完，心中就想到答案，滿布皺紋的臉龐變得更加蒼老。

翠杉是第一天上班，但有幾次實習的經驗，非常肯定護理師沒有替病人整理病房的工作……況且這間病房雖然不亂，可是東西有夠多，怎麼可能整理得完？難不成這是傳說中的「下馬威」、「整新人」、「職場霸凌」？

她一想到這，滿腔的熱誠，至少冷掉大半。

護理長不在意嚴奶奶的視線，在翠杉的耳邊說：「任何利器、任何藥物都要找出來，就算是切蛋糕的塑膠刀、抹蚊子叮的萬金油，掘地三尺也要挖出來。」

「爲什麼？」

「先找，不要問。」

「是的。」翠杉挽起袖子，稍稍振作，爽朗地對嚴奶奶說：「不好意思打擾啦。」

兩人說找就找，立刻假借整理的名義，搜尋這間病房，當然她們都明白，這樣搜不合情理甚至不合法，所以動作格外當心，每翻找一處，就會整整齊齊地恢復原狀，眞的順手整理起來。

嚴奶奶當然清楚這對護理師想要幹嘛，只是無力阻止也不用阻止，依舊坐在床邊，扶著助行器，雙眼惆悵地注視財神像，像在告狀，不願受到這樣的待遇。

對她而言，搜房間、搜身都沒關係，但無法接受護理長的語氣中若有似無的輕蔑與輕視，彷彿在盯著賊……沒錯，她明白自己被當成賊，且極度厭惡被當成賊……

「我可是有七個兒……」嚴奶奶顫聲道。

「整理完了。」護理長走進廁所洗手。

「我這邊也整理完了。」翠杉一無所獲，等待上司下一步指令。

護理長用衛生紙擦拭手臂，走到病房門與廁所門之間，淡淡地對病患告別。

「明天可能是最後一天，妳需要我聯絡哪一位親屬？」

嚴奶奶不語，死寂般的沉默。

□

護理站。

這個時段輪班的護理師都推著護理工作車出去巡房，爲每個病患記錄目前的狀況，血壓、體溫、心跳、血氧值等等，以供給醫生瞭解病況，方便做出精準的診斷，同時，護理師還得依病患的需求與醫生的囑咐發放藥劑，或是幫忙上藥、換藥、抽痰、提醒注意事項。

總之，忙碌。

護理站僅剩剛剛從嚴奶奶病房回來的兩人。

護理長從裡頭休息室的冰箱拿出一罐無糖綠茶扔給翠杉，算是犒賞她剛剛額外的勞力付出。

翠杉接過，連忙整理自己的包包與沾到髒污的護理師服，鞠躬對上司道謝。

護理長擺擺手，無奈道：「嚴奶奶就交給妳了，從現在起，時不時就進去看看，一定要保證沒有任何事發生。」

「護理長，這到底是怎麼回事？」翠杉完全搞不清楚狀況，飲料握在手中沒喝。

「這個說來話長……」護理長揉著額頭。

「我之前在其他醫院實習，也沒有看過病房長這個樣子。」翠杉用為數不多的經驗判斷，「病人的個人雜物，未免太多了吧。」

「不要說妳，連我也是第一次看見。」

「怎麼會？」

「妳猜猜嚴奶奶住院多久？」護理長用問題去回答問題。

「兩個月？」翠杉比出二。

「已經快要兩年了。」

翠杉難以置信地說：「……單純用外觀判斷，她不像有什麼嚴重的病。」

「嚴奶奶的心臟是有問題，兩年前開過一次大刀，復元的情況相當好，雖然偶爾有心律不整的問題，也僅僅是偶爾，根本不算大問題……」

「應該安排她出院啊，怎麼可以住了兩年？」

「按照正常情況，應該在開刀後三個禮拜出院，只是，嚴奶奶的花招實在太多了。」護理長的頭更痛了。

「怎麼樣的花招都不可能大得過醫囑吧？」

「我算算看……」護理長扳起手指計算，「嚴奶奶為了住院，曾經自殘過五次，將自己鎖在廁所七次，偷吃護理工作車的藥劑十多次，裝病無以數計次。」

「……」翠杉傻眼。

「妳要知道，到了七十這個歲數，自然老化的關係，身體或多或少都會有毛病，嚴奶奶就是利用這點，一下子頭痛，一下子關節痛，一下子肚子痛，跑去掛號看醫生，醫生因為基本的醫德與責任，不能隨便打發她走，得做一些簡單的檢查。這下可好，難免會驗出一些小問題，反而成為她要賴不出院的藉口。」

「就算是我，也有胃酸過多的毛病啊……」

「本來就是，沒有人是百分之百健康的。」

「爲什麼不強制趕她走？」

「我們當然有嘗試過，可是嚴奶奶大哭大鬧，直喊著要自殺，還拿刀割傷自己，完全不是在演戲。」護理長備感疲憊，找一張椅子坐下，「另外，醫院也要顧慮自己的社會形象，無論如何都不能成爲逼死可憐老人的凶手。」

「會不會是心理上面的疾病？」翠杉問。

「當然有可能，嚴奶奶曾經對我說過很多次，說自己在開刀房看見了死神……還是七爺八爺之類的東西，深怕自己離醫院太遠，心臟如果出了問題，沒有辦法第一時間搶救。」

「難道是出現譫妄的問題了？」

「或許吧。」

「嚴奶奶沒有家屬可以來幫忙嗎？」

「我們聯絡不到她的親屬，最早以前是有找到她的兒子們，可是母子感情不好，許久沒有聯絡了，根本不管自己老母親是死是活。」護理長再補充，「反正各種奇怪的情況啦，有的定居國外、有的難以聯絡、有的破產沒錢、有的推托裝死……」

「那只剩法律途徑了。」

「已經在做了，只是程序拖得很長。」

「有確認過嚴奶奶不出院的眞正原因嗎？」翠杉好奇。

「誰知道啊……連死神都曾被搬出來當理由了，我們根本沒辦法確認原因。」

「一定有眞正的原因。」

「嚴奶奶最常用的理由是說身體有病，沒有辦法出院，但我猜測，可能是怕死，也可能是沒有錢，或者她知道外面沒有人照顧自己，那還不如待在醫院裡面，最少生活得很舒適，食、衣、住、娛樣樣都有。」

「嗯……那明天？」

護理長認眞地說：「明天，主任親自出馬，還找了律師、社會局、第三方的醫生見證，要確認嚴奶奶的身體狀況足以出院回家休養。」

「這麼大陣仗……」

「對，所以今夜勢必要盯住嚴奶奶，不能再給她任何機會耍花招了。」

「我會努力。」

「等等交代下去，所有護理工作車上鎖……對了，嚴奶奶病房的廁所門，可能得暫時拆掉。」護理長已經有點患得患失，畢竟揹負這顆不定時炸彈快要兩年，精神早就過度負荷。

「不用，我乾脆陪嚴奶奶一夜。」翠杉自告奮勇。

「眞的？」護理長深鎖的愁眉稍解，欣喜地說：「如果妳能幫這個忙，我一定會補償的，就算是春節、耶誕節、情人節，我也能幫妳排出假。」

「放心，就交給我吧。」翠杉拍拍胸口保證。

□

林口醫院。

一間不像病房的單人病房。

嚴奶奶坐在床邊，呆呆地望著玻璃窗上貼的財神像。

搜完房的護理師已經離開，整個空間再次陷入窒息般的寧靜，空氣流動得特別濃稠，覺得連吸口氣都特別費力。

阿爺與迎春就站在窗前，於嚴奶奶的視線中，散發著不規則旋動的金芒。

他穿著不太整齊的西裝，放蕩不羈的痞味，遠遠超過西裝本該有的莊重，鬆鬆垮垮的紅色領帶如上吊失敗的繩子掛在脖子上，年輕的臉蛋蘊含著深諳世事的淺笑，彷彿擁有一種與生俱來的能力，能夠看透一切人事物。

無神知道他究竟擔任多久的財神。

她的粉紅色短髮充滿活力，掛在鼻梁的眼鏡傳達幾分知性的氣質，輕便的薄外套沒拉拉鍊，半鬆開像是白色披肩，裙襬蓋住大腿一半，依舊蓋不住堪稱完美的身材。

身爲見習財神，卻沒半點拘謹，彷彿自動刪除了有關歐陽的記憶，恢復成那位精力充沛，對人世充滿期盼的見習財神，好奇地打量著周圍。

「前輩，爲什麼……嚴奶奶的祈願只說到一半？」迎春發揮細緻的洞察力。

「因爲有兩個護理師進來打擾啊。」阿爺說。

「不是，她說完，至少過了十幾秒護理師才進來。」

「是喔……嗯……她大概是認爲我辦不到吧。」

「會不會是嚴奶奶根本沒有願望？」

「呵。」阿爺原本想要忍耐，但頂多只能做到壓抑，畢竟聽見這麼可笑的笑話，不放聲大笑已經算很了不起。

「都七十歲了，說不定無所求，會跟神像說話，單純是一種尊重與習慣。」迎春不覺得好笑。

「噗哈哈哈……抱、抱歉，哈哈哈。」這次阿爺沒有忍住。

迎春的整張臉瞬間降溫，抿著嘴唇，表達無聲的抗議。

阿爺努力地收斂笑意，輕咳兩聲，認眞起來道：「不管是男是女、不管一歲還是一百零一歲、不管身處在怎樣的狀態，只要是人，皆有所求。」

「但嚴奶奶說不……」

「叫她別假了。」

「……」迎春察覺到前輩的笑容背後有些怪異。

阿爺也察覺到她的察覺，連忙迅速地掩飾過去，輕描淡寫地拍拍她的手臂，「妳是不是不相信？」

「……」迎春沒有開口。

「不然這位嚴奶奶就交給妳負責，當作首次實習吧。」

「我？怎麼可能？」

「妳認爲呢？嚴小姐。」阿爺直接扭頭，詢問旁邊的嚴奶奶。

「我……還有得選？」嚴奶奶不解地問。

「啊！」迎春嚇一大跳，退後一步撞到牆，旋即想到剛剛被前輩拍了手臂，果不其然，金光已經消失，代表跨入了塵世。

現場氣氛頓時變得有些尷尬，兩神一人面面相覷，阿爺譏笑幾聲，迎春乾笑詞窮，倒是嚴奶奶率先開口……

「死神……是……許久不見。」

「我們不……唔。」迎春話沒說完，就被阿爺使了一個銳利的眼色，不得不封口。

「是的，我們正是死神，現在我就把妳這個case轉給她。」阿爺在一秒鐘之內便完成了交接。

雖然迎春滿頭霧水，根本沒跟上節奏，依然客氣地詢問：「我們突然出現，妳不害怕嗎？」

「第一次見到，當然害怕……不過，過這麼久……我還活著，年紀也大了，也就沒有這麼害怕了。」

既然信徒不怕也不介意，迎春的顧慮少掉許多，眞打算把握這個難得的機會，與嚴奶奶結識，「那就好，如果沒關係的話，可以告訴我，妳的願望……當然並不是一定會實現。」

「……願望？」嚴奶奶不解，對專門在收人性命的死神還能許願？

大概是新手的關係，迎春完全搞錯方向，忘記嚴奶奶的誤解，還特地解釋道：「畢竟我們看不清妳的財格深淺，如果給予過重的好處，妳反而沒辦法承受，所以對於任何願望，都得經過細細的評估，請見諒。」

「……」嚴奶奶進入更不解的狀態。

感到挫敗的迎春求助地看向前輩，雙手緊張地互相搓揉。

阿爺看著窗外的美景，嘟著嘴吹奏「關我何事」的口哨。

見到這種氣死人的嘴臉，迎春硬著頭皮激起鬥志，雙手整理外套與裙襬，換上一張更專業的表情，緩緩地坐在嚴奶奶身旁，利用平起平坐的一種行爲暗示，希望拉近彼此的距離。

「妳不用想太多，只要告訴我心中的願望，或對未來有什麼期待，僅此而已。」

「……沒有。」嚴奶奶很坦白，同時肯定這世上沒人想對死神許願，況且她早就對於未來失去期待。

她不想死，但覺得死了也無所謂……

反正沒人在意。

「眞的沒有嗎？」

「沒有。」嚴奶奶搖頭。

迎春再度瞥向前輩，傳遞出「我就說吧」的訊息。

阿爺笑而不語。

□

當夜。

說到做到的翠杉，抱著枕頭與棉被進病房，親切地表示想要聊聊天。

嚴奶奶清楚她的來意，並不想多說什麼，基於禮貌陪聊一段時間，內容沒有新意，也是院方早就知道的訊息，不外乎是說說自己的家人，孩子、孫子都聊過一輪，對於可愛的孫女聊得特別多。

「難道不想跟孫女住在一起嗎？」翠杉好奇地問。

這個問題像把尖銳的刀，直接得相當殘酷，殘酷得出乎意料之外。

「……」嚴奶奶的嘴張了張，很努力想多說點什麼，卻吭不出一個音。

她的脖子像被尖銳的刀割開。

這一夜，她們都失眠。

翌日。

很明顯感受到護理師們來來回回忙了起來，偶爾會在護理站忙裡偷閒的護理師不見蹤影，本該安寧的病房區多出很多急促的腳步，隱隱約約的不安在充滿消毒水味的空氣中躁動。

還沒有吃午餐的機會，嚴奶奶坐在病床上，見到一群人來到病房，其中有老面孔也有生面孔。

老面孔有護理長、主治醫師，以及三位住院醫師。

生面孔有主任、律師，以及兩位出納人員、兩位實習醫生。

一共十一個人，浩浩蕩蕩，整間病房都被擠滿了，翠杉在外頭根本擠不進來。

很神奇，就算忽然多出一票人，卻沒有半點多餘的噪音，大家屏氣凝神，像準備進行什麼古怪的儀式，連大氣都不敢一喘，深怕破壞掉目前嚴肅的氣氛。

最後，由職位最高的主任開口，「嚴女士，請諒解醫院的難處，也請相信醫生的診斷，我們是以醫學的專業學術來判斷，認爲妳的病情不須要再住院了。」

嚴奶奶早知道對方會這樣說，將棉被拉高蓋到胸前，有氣無力地說：「我老了，身體一直很不舒服，萬一離開醫院出事了該怎麼辦？」

主任攤開手，旁邊的住院醫生立刻送上病歷，他接過之後隨手翻幾頁，感慨道：「這一、兩年，妳連牙科、皮膚科、眼科都掛過號……基本上沒有大毛病，而妳的心臟動過刀，更是每週至心肺科回診，如此密切地追蹤，還是沒有特別的異常。」

「難道你們一定要將我逼出院，等出事了才來道歉嗎？」嚴奶奶直接說：「還是主任能簽給我一張保證書，保證我未來二十年身體健康？」

聽到這種要求，眾人紛紛搖頭，只差沒有當場罵出來。

「妳這是強人所難。」主任不可能隨之起舞。

「堂堂一間林口醫院……爲難我一個老人家，你們這裡有幾百間病房，就不能幫幫忙嗎？」

「妳不能濫用國家補助的醫療資源。」

「我有按時納稅。」

「還有許多病人在排隊等待住院，這間病房已經被占用二十多個月，不知道少救了多少人。」

「不差一間病房。」嚴奶奶像換了一個人，無論是語氣或五官都變得格外強硬。彷彿是虛弱的狗，爲了守護最後的一點地盤，張牙舞爪地警告入侵者。

可是霸占病房的問題，已經連院長都知道了，絕不可能再無止盡地拖延，主任準備萬全，早下定決心要在今天解決。

「我能體諒妳年紀大生活不方便，所以我能夠用個人的名義替妳申請到安養院居住，那裡各個方面都比醫院更適合養老。」主任連自己的人脈都動用。

「好不容易適應這裡，我幹嘛走。」嚴奶奶提醒道：「總之，我是不可能像條狗被隨隨便便拖出門的，要出院，我一定是健健康康、堂堂正正地出院。」

「我們不可能動粗，只想跟妳好好講道理。」

「不敢就好，可別忘記骨科的呂醫生說我有點骨質疏鬆，要是不小心骨折了，我一定請律師控告你們。」嚴奶奶恐嚇道：「對了，呂醫生開給我的藥與骨粉，我可是一次都沒吃過。」

「……」主任總算深刻體悟何謂秀才遇到兵，有理說不清了。

這個雙方僵持的當下，反倒是護理長跳出來說話，柔聲說：「嚴奶奶是不是在擔心兒孫不來接妳出院？如果是的話，請不要擔心這點，我們有完整的社福機制，一定有地方能夠照顧妳，假設兒孫一直避不出面，還有遺棄罪可以處理。」

「不是，絕對不是！」嚴奶奶激動了起來。

現場其餘人感到詫異，包括護理長……也很少見到她發出這麼大的聲響。

「我、我可是有七個孩子，他們都過得很好，沒有故意不見我。」

「既然這樣，能不能給我他們新的聯絡方式？畢竟過去那幾組號碼都打不通。」

「你們不能把照顧我的責任，全數推給我的孩子。」

「妳含辛茹苦撫養他們長大，現在換他們照顧妳是天經地義。」

「天經地義？」聽到護理長的勸說，嚴奶奶一愣，情緒漸漸平緩，緩緩地說：「他們……小的時候特別辛苦，現在一個一個成家立業是靠自己的努力……跟我沒多大的關係。」

主任見到氣氛比較緩和，也很欣賞護理長動之以情的做法，對於七老八十的婦人，實在不想惡言相向或對簿公堂，傳出去對自己的名聲不好，還浪費了司法資源。

「怎麼能說沒有關係？說不定孩子和孫子，也很想跟妳共享天倫之樂。」

「他們有自己的生活，我不會去打擾。」

「不然這樣子吧，我們聯絡妳一個兒子，讓他來醫院聊聊天，就當作是簡單的探病，由他來判斷情況，再由他去聯絡其他兄弟。」

「我在這裡過得好好的，不需要探病。」

「嚴奶奶……妳是不是擔心孩子沒有辦法負擔？生怕會拖累他們？」

「……」

「如果是費用的問題……」

「妳是不是很看不起我們家，覺得我的孩子都是窮鬼，才故意躲遠遠的不出面？」嚴奶奶的用詞雖然尖銳，可是口吻還算平和，「我的大兒子是餐廳老闆、二兒子移民外國、三子從事營建業、四子是個漫畫家、五子在大公司當上班族，六子在準備考公務人員。」

「我理解他們都很優秀。」

「我剛剛說過，要出院一定是健健康康、堂堂正正地出院，才不會欠你們任何一毛錢。」

「這樣子當然好。」

「兒子也有打電話告訴我，說不用擔心醫藥費，要我安心住院養病。」

「好的，只是我覺得無論如何，這麼優秀的孩子們應該要抽出一點時間來看妳。」護理長順著語意說完，根本忘記多久沒見過嚴奶奶的兒子。

「不需要，他們住得太遠了，白白跑一趟幹嘛？」嚴奶奶依舊四兩撥千斤。

「唉……」主任深深地嘆了一口氣，知道不管用什麼方式，都沒辦法讓她轉變心意，只能無奈地說：「嚴女士，今天我找這麼多醫生來，就是要各科聯合會診，爲妳全身上下做一個徹底的檢查，並且有律師見證。」

嚴奶奶不願意，但沒有立場說不要。

「如果眞的依妳所言，身上有嚴重的病痛沒有辦法出院，那我們醫院基於人道的立場，一定會準備得妥妥當當。然而，如果在這麼詳細的檢查之下，都沒有發現什麼須要住院的大毛病……」

「我……」

「就要請妳不要再浪費醫療資源，趕緊搬出醫院，否則就由公權力介入。」主任說得相當堅決，「如果妳有律師，馬上請他過來一同見證。」

「我沒有。」嚴奶奶心知肚明這次是難以善了，開始盤算等等是要自摔，還是喝掉整罐沐浴乳。

「那請妳換個衣服，等等由住院醫師與實習醫師帶妳去做各項檢查。」主任用力地闔上手中的病例，二話不說轉頭就走，不願意再浪費時間。

其餘人也跟著主任魚貫走出病房，剩護理長拿著不含金屬與鈕釦的病人服，客氣地問：「需要我幫忙嗎？」

「不用……我可以。」嚴奶奶撐著助行器，取過要換的衣物，逕自走到廁所內。

關上門，坐在馬桶上，她的眼角在抽搐。

沒過多久，僅是一個轉念的時間，想到自己一無所有，眼眶便氾濫成災，淚水沿著皺紋流淌，胸口空蕩蕩的，透過抱緊衣物的動作，讓心裡好受一點點……

也只有一點點。

她不怪兒子們，這不是違心之論，因為自己並沒有給他們一個好的童年，所謂的養育之恩，前提是養育，後面才會有恩，他們並沒有從原生家庭得到什麼幫助，還揹負著包袱去外頭闖蕩。

兒子們不願意奉養老母親合情合理。

她也怨兒子們，這個念頭一直埋在很深很深的心底，縱使無養育之恩，過去自己未盡母親之責，可是帶著孫子、孫女來探探病總行吧？不算過分吧？

除了一、兩年前心臟病發緊急送醫，他們來看過一次，簽署了同意書，之後就像人間蒸發，再也沒有出現過。

連來看一眼都不行嗎？嚴奶奶的淚水再度滾落。

「是啊，連來看一眼都不行嗎？」阿爺微笑著問，人就站在洗手台邊。

站在門前的迎春臉色有些難看，沒想到眞被前輩說中，嚴奶奶不是沒有願望，而是絕望到說不出口。

「記住，只要是還能呼吸的人，就會有願望。」

「嗯……」迎春不太甘心地應了聲，歪著嘴巴。

「第一次負責信徒，結果連人家心裡有什麼願望都不知道，那妳當財神一定徹底完蛋，業績掛零、信徒凋零，一毛錢都發不出去。」阿爺大開嘲諷，彷彿周身的金光都匯聚在舌頭，發揮讓迎春氣鼓鼓的力量。

「我還在實習，跟實習醫生一樣需要經驗，有朝一日才能獨當一面啊。」

「好，那嚴小姐的願望到底是什麼？」

「見兒孫一面。」

「沒錯，身爲財神，妳該怎麼替她辦到呢？」

「……我們辦不到吧？」

「辦不到？」

「我們是財神，又不是什麼母子和好之神，我同情嚴奶奶的遭遇，比較能夠體諒她霸占病床的惡行，卻依然是幫不上忙……」

「妳得先搞清楚她不肯出院的原因，說不定就能找到方法。」

「嚴奶奶是怕孤單吧，比起成爲獨居老人，還不如住在醫院裡面。」

「那她爲什麼不去老人安養院？那裡有很多同年紀的人可以當朋友啊。」

「……」

「所以說，人是很複雜的，每一個行爲的背後，不見得只有一個簡單的原因。」

「你……」迎春實在越來越不喜歡阿爺那種無所不知的臭屁表情，「好，既然原因很複雜，那你說在僅用財神神權的情況之下，該怎麼替嚴奶奶解決問題？」

「唉，終究還是得我出馬。」阿爺伸一個懶腰，整理一下西裝外套，愉悅地甩著領帶，輕描淡寫到有點不屑一顧，「非常簡單，一張紙就可以搞定。」

迎春轉過身去，扮了一個鬼臉。

□

醫院的檢查持續兩天，嚴奶奶幾乎擁有個人的醫療團隊，由一名住院醫生率領兩位實習醫生和兩位護理師照料，做了一連串檢查，四十八小時寸步不離，果然在做心臟超音波時，成功阻止嚴奶奶偷喝掉整罐耦合劑。

主任為了做到萬無一失的程度，沒有放過任何細節，他知道現在檢查做得越細，就能讓各科會診的醫生做出更確定的診斷，未來在法院或大眾面前就越站得住腳。

證明醫院沒有任何疏失，嚴奶奶的心臟問題早就解決，並非醫院無情用各種手段趕一名無助老人出院，而是這名老人說出的許多病癥都是謊言，根本沒有住院的必要，想必無人能批評醫院殘酷。

越多的檢查項目，代表病理報告出來得越慢，再加上多位醫生聯合診斷的時間，嚴奶奶還有幾天喘息的空間，能夠無憂無慮地待在院內，翠杉始終打著照顧的旗號亦步亦趨跟隨。

她們坐在花園內，晒著溫暖的陽光。

嚴奶奶一點都沒感到溫暖，覺得自己像死刑犯，在等待槍決的日子。

附近許多病人也出來逛逛，親切地與她招呼，卻換來一臉參加喪禮般的冷漠。不是她沒有禮貌，單純是沒心情，壓根笑不出來。

翠杉的心情倒是不錯，比起負責七床的病患，跟在嚴奶奶身邊較輕鬆，對於常常活在地獄的醫護人員來說，能夠悠閒地在上班時間喝著冰咖啡賞花，已經算是比較簡陋的天堂。

「妳大我快五十歲，跟我外婆差不多。」翠杉撥撥嚴奶奶被風吹亂的白髮，嬌笑道：「我當妳的孫女也不算過分。」

嚴奶奶無動於衷，就算她知道翠杉是個本性不壞的女孩，依然不太喜歡這種過度的直白。

「所以……假設我說出太直接、太白目的話，請一定要原諒我喔。」翠杉順便發個誓，「我對天發誓絕對沒半點惡意。」

「想說什麼話就說吧……誰能阻止妳的嘴啊。」短短幾天的相處，嚴奶奶便已摸透她打破砂鍋問到底的性格。

「嚴奶奶常把兒子、孫子掛在嘴邊，實際上，妳會不會根本沒有子孫？」

「……」

「對不起，請不要介意，我只是好奇啦，況且診斷結果這幾天就會出來，現在說實話沒關係的。」

「我有七個兒子、四個孫子、兩個孫女……妳以爲醫院查不到資料啊，傻瓜。」

「喔喔……說得也是。那、那就是他們過得一點都不好，才沒能力接妳出院？」

「過得不好，能生這麼多孫子嗎？」嚴奶奶不知道爲什麼就是無法對翠杉生氣。

「欸，這可不一定，我看過新聞報導，有研究指出貧窮地區沒有節育的觀念與避孕的能力，反而像母豬生一大堆。」

身爲孕育出七名孩子的嚴奶奶，聽到「母豬」這兩個字總覺得有指桑罵槐的意思在，不過轉頭看見翠杉張大的無邪雙眼，忽然明白爲什麼自己發不了脾氣，因爲她眞的很像對長輩說話沒大沒小的調皮孫女。

「他們都過得很好，其實前些日子我還有接到兒子打來的電話。」

「眞的？」

「如妳所說，到這種時候了，我說謊還有什麼意義？」

「確定不是幻想嗎……像死神那種幻想？」

「眞沒禮貌……」一聽到死神之名，嚴奶奶自動壓低音量，忘記該反駁。

「對不起，我沒有惡意，像幻視、幻聽的症狀很常見的。」翠杉依然想到什麼就說什麼。

「妳該不會認爲我是個神經病吧？」

「不是，應該是老年譫妄症。」

「不要以爲用了專業的醫學名詞，我就不知道妳拐著彎罵我。」嚴奶奶沒好氣道。

「嘿嘿，這也是老年人常見的問題嘛。」翠杉裝無辜般地憨笑幾聲，愜意地靠在椅背，「不過……妳沒有女兒吧？孫女也沒有二、三十歲這麼大的吧？」

「沒……怎麼了？」

「其實前幾日有個女人偷偷來看妳，還假裝是路人打探妳的情況。」

「是誰？」嚴奶奶坐挺身子，認眞地問。

「她沒說名字，顯然不想被知道，我基於保護病人隱私，就隨便敷衍掉她。」

「長什麼樣子？」

「嗯……頭髮短短的、衣服破破髒髒的……」翠杉正在用腦內貧瘠的形容詞去描述只有一面之緣的女人。

「奶奶！」一聲相當稚嫩的呼喚從旁邊傳來。

嚴奶奶還沒反應過來，就已經被綁著雙馬尾的女童抱住，其實她還來不及搞清楚這突如其來的狀況，雙眼就漸漸泛紅了。

嚴奶奶勉強能判斷出女童是朝思暮想的小孫女，但她無法確定判斷是對的，無法確定抱住自己的是誰。

與小孫女已經久違到，走在路上擦肩而過，也認不出來的程度了。

翠杉嚇一跳，怎麼會突然冒出這些親屬？

「媽，妳怎麼跑來這，害我們到處找都找不到。」嚴奶奶的長子攙著老婆的手，挽著大女兒晚幾步走來。

「嗯……」嚴奶奶已經老淚縱橫，至少還認得出大兒子。

她已經等這聲「媽」，等了太久太久，突然耳聞，猝不及防，一點心理準備都沒，淚水隨即潰堤，顫抖地撫摸小孫女的頭，想到上次看見小孫女的時候，才剛剛上幼稚園，連話都還不是說得很清楚，現在已經是小學生了，與印象中幾乎不同。

「怎、怎麼哭了呢。」媳婦趕快拿出面紙蹲在嚴奶奶身邊替她擦拭眼淚。

「奶奶……不哭不哭。」生性善良的小孫女，捨不得地安慰。

「媽，好端端的幹嘛哭？之前是因爲工作上比較忙，才比較少來看妳，現在忙到一個段落，我們不是馬上趕來了嗎？」

「沒，我沒事，年紀大了，比較控制不住……我沒事。」嚴奶奶勉強地笑了笑。

面對這突如其來的家人重逢，感人肺腑的天倫之樂，翠杉還愣在當場，無論從什麼角度去猜測，都推敲不出來，這到底是發生了什麼事？怎麼可能有工作能忙整整兩年都抽不出空來探病？就算是太空人或是遠洋漁工好了，難道連媳婦也是嗎？

太不合理，太多的不合理。

「我聽過急性腸胃炎、猛爆性肝炎，就沒聽說過突發性孝心啊……」

□

他們就站在嚴奶奶與翠杉背後，自然是竊聽到「突發性孝心」這幾個字。

「前輩，這到底是怎麼辦到的？」

迎春覺得自己在收看一齣爲了劇情衝突隨便超展開的爛戲，弄不懂是怎樣的手法、弄不清是如何運用財神的神權，只能確認導演是阿爺。

「妳覺得眞的有問題無法用錢解決的嗎？」阿爺將領帶纏繞自己手指，再解開，反反覆覆。

「俗語說錢不是萬能……」

「不要用以訛傳訛的屁話敷衍我，請認眞思索。」

「事實上，錢本來就不是萬能的，像感情就買不到呀。」

「……」阿爺呆若木雞，啞然片刻，想不起上一次遇到這麼天眞的神是什麼年代。

「你不要擺出一副看見白痴的樣子好不好。」迎春有些窘迫。

「我既然被天庭指定成爲妳的指導神，的確有義務不讓妳淪落到這番田地。」阿爺站起來，用領帶輕甩見習生的頭頂，像是在替其開光，「我就直接告訴妳答案，是『沒有』。」

迎春躲開，哀怨地整理自己的粉色髮絲，「前輩太過自大。」

「如果有錢解決不了的問題，那就用更多的錢，如果用更多的錢依舊解決不了問題，那代表這個問題無解，在定義上就不能算是問題。」阿爺耐心地說明。

迎春懶得聽，直接反問：「壽命呢？」

「當然能解決，從飲食、醫療、安全各方面來看，富人的平均壽命遠超過窮人。」

「富人終究難逃死神。」

「對，所以死亡是無解的，故不能算是問題。」

迎春不甘地撇過臉，心裡不太服氣，一時之間又找不到更有力的論述，乾脆用無聲的抗議強制結束話題，將焦點重新聚焦到嚴奶奶與龐大的家庭上。

不知不覺居然來了近二十人，將花園的小徑堵得水洩不通。

除了長子的家庭外，二子、三子、四子、五子、六子要嘛帶女友或妻子現身，要嘛就攜家帶眷登場，這些兄弟難得一聚，紛紛問候過得如何，一時和樂融融，宛若提前吃團圓飯，氣氛熱絡得像過農曆年。

一下子哭、一下子笑的嚴奶奶更是兩隻手都忙不過來，孫子、孫女一個一個抱過、一個一個仔細地問過近況，強迫自己記憶力衰退的腦袋一定要將每一張小臉刻在心中。

還有兒子們的伴侶，高矮胖瘦統統都有，雖然面貌不太相同，可是態度皆相當尊重貼心，溫柔地噓寒問暖，照顧得無微不至。

嚴奶奶彷彿一下子多出六個女兒，更是笑得合不攏嘴，恨自己手上沒有見面禮能送，還不好意思地收到許多探病的禮物。

「抱歉，打擾大家了。」翠杉從嚴奶奶身邊站起，對一票家屬疾呼，「我們人多，在這裡會阻礙交通，不如回病房去，有交誼廳可以使用。」

「說的也是，我先扶媽媽去病房，你們一起跟上。」大兒子馬上拿出長子的氣度，率先將助行器放到嚴奶奶面前，扶住母親順利站起。

其餘的兄弟也沒待在旁邊看戲，紛紛過來幫忙，嚴奶奶回到病房的短短路程搞得像神轎出巡，引起許多病患、家屬與醫護人員的側目。

在這間偌大的醫院，嚴奶奶向來過著低調的生活，不引人注目也引不起人注意，就這樣過了快兩年的時光，如今子孫相伴，一群人聲勢浩大，她不覺得享受，也說不上討厭。

翠杉跟在旁邊走，拿出手機傳訊息告知護理長目前的所見所聞。

果然等到嚴奶奶一行人回到病房，護理長已經準備好了，立刻要找一位代表談話。大兒子再次拿出長子的氣度，成爲家族的代表跟護理長到護理站談話。

一向寧靜又安詳的病房區變得有些鬧哄哄。翠杉管理好秩序，再好奇地跟到護理站去。

嚴奶奶的長子要五十歲了，說話應對相當老練，面對護理長一開頭就扔過來的兩個銳利問題「爲什麼不接電話」、「爲什麼不帶母親出院」，分別用「手機停話了」、「以爲弟弟會接手」這樣的理由回覆。

過去的已經過去了，護理長知道再追究沒有意義，馬上端正職業態度，不含任何私人情緒，詳細地解釋了嚴奶奶的狀況與處境。

長子有時解釋幾句，大部分都在聆聽。

這個時候，迎春近距離觀察他們的對話，不解地問：「前輩，他說的是謊話嗎？」

「妳應該問哪幾句是眞話，我比較容易挑出來。」阿爺的笑容滿滿酸味。

「如果一個孩子良心發現，我會相信的，但一次六個，還是同一時間……」迎春最不解的是，「我沒發現前輩有動手腳的機會，不，就財神的神權來說，根本不可能同時改變多人的精神意志。」

「妳還是猜不透我是怎麼替嚴小姐達成心願的？」阿爺不敢相信，「都這麼明顯了，還看不出來？」

「不知道。」

「能讓不孝子一瞬間痛改前非……只有一種方法啊，只有一種。」

「我、我們也不能排除一群人，忽然理解孝道重要的可能性。」迎春紅著臉，明知自己在硬凹，但就是不想看阿爺的得意嘴臉。

「立刻給我排除掉。」阿爺翻著白眼，「然後給我聽清楚他們在談什麼。」
迎春依言，將注意力重新放回嚴奶奶長子與護理長的對話。
「什麼問題都不是問題，我只在乎母親的身體狀況。」
「前天，我們主任親自爲嚴奶奶做了檢查，診斷結果很快就會出來。」護理長刻意強調，「在此之前，接近兩年的時間，嚴奶奶掛了上百次的號，身體沒有任何問題，即便是先前動刀的心臟也保養得不錯。」
「那就好。不過你們也清楚，待在醫院這麼髒的地方，對我母親的身體不好，什麼時候可以出院？」
「什、什麼？」護理長懷疑自己聽錯。
「出院啊，我要帶母親回家奉養。」
「出院當然是沒問題，經過嚴奶奶跟其他兒子同意了嗎？」
「我父親不在了，由我決定就好。」
「好的。」護理長變得更客氣了，她實在看不起忽然孝順的不孝子，刻意柔聲地強調，「出院前相關的費用需要結清喔。」
「這個不用擔心，我們兄弟會分擔，我母親要看最好的醫生、用最好的藥、受最佳的照料就對了。」

護理長冒著腦血管破裂進而中風的危險，輕聲說：「雖然醫院的出納還未算出確切的金額，不過保守估計是……這個數。」

「……」

「這只是估計而已，未肯定。」

「……」

「先生？」

「嗯？喔喔……沒問題，這個金額我們負擔得起。」

「好的，那麻煩跟我過來，這邊有幾份文件須要簽。」護理長帶著嚴奶奶的長子到旁邊的辦公室去，要一次將這些年欠的文件一次簽完。

現場只剩一面整理護理站、一面偷聽的翠杉，望向他們走遠的背影，不免無奈地自言自語道：「嚴奶奶應該有一筆資產，被這些孩子發現了……」

從頭到尾都在旁觀的迎春霍然回首，雙眸直直看著阿爺，藏在背後的雙手顫抖。

「爲什麼這樣看我？連那個護理師都能猜得出來，妳只能怪自己笨。」

迎春努力整理好瞬間混亂的思緒，慎重地問：「前輩……你使用神權，給嚴奶奶一大筆錢，對不對？」

語氣裡頭藏著一絲絕望。

阿爺展露出相當孩子氣的笑容。

「妳說呢？我們要讓人快樂嘛。」

□

醫院外的吸菸區。

嚴奶奶的長子拿出一根廉價的菸請自己的二弟。嚴奶奶的二子沒有客氣地接過，叼在嘴邊頭湊過去，讓自己哥哥用打火機點菸。

五十歲跟四十七歲，年近半百的他們頭髮禿了，牙齒被歲月與菸熏黃。

他們已經多久沒這樣子一起抽菸了？彼此都沒半點印象。

白色的煙霧在空氣中擴散，就算是在戶外，空氣相當流通的區域，朦朧的氣體依舊縈繞，沒這麼簡單離去。

「你的蔥油餅餐車最近生意怎樣？」二子先客套幾句。

「難擺，常被開罰單……」長子反問：「你呢？澳洲的雞好養嗎？」

「這次的簽證如果下不來，我就得回台灣了。」

「至少也是出國開過眼界，哪像我，一個賣蔥油餅的。」

「不錯了，比起老三賣命在工地搭鷹架，老四在風景區替遊客畫一張肖像圖賺一百九，老五已經被裁員半年，老六國考失敗第七次……我們收入穩定又安全，能養家餬口。」

因爲嚴奶奶生得多，長子與二子的年紀相近，皆比弟弟們大上一段，小時候吃的苦比較多，也比較有共同的話題能聊。

「我還是羨慕你……能逃離這個家，還順利逃得這麼遠。」長子苦笑。

「嗯。」二子也不否認，自己的運氣是比兄弟好一點，在澳洲當台勞這麼多年，存了一筆錢，回台灣能夠開間小店營生。

「我知道你應該賺了不少，這次媽的醫藥費……」長子隨口一提。

二子的臉色變得非常難看，旋即知道自己哥哥在說笑之後才慢慢放鬆，無可奈何地聳聳肩，「別玩我了。」

「哈哈哈，如果是我離鄉背井辛辛苦苦存的錢，一毛都不可能給她。」長子口中的「她」很顯然是指嚴奶奶、是指母親。

「她的醫藥費到底積欠多少？」

「聽護理師說，大概是這樣。」長子比出三個數字。

「……這麼多？」二子倒退一步，差點被嗆到。

「死賴在醫院不走啊，他馬的，丟人現眼。」

「臉皮果然是……一樣厚。」

「如果不是接到律師的電話，我根本不可能見她。」

「我也是，飛機票這麼貴，唉……」

「也不知道是上天還是財神怎麼回事，就這麼簡單讓她撿到中獎的彩券。」

「我到現在還是半信半疑。」

「應該是真的，我主動上律師事務所查過，很有名氣，養好多律師，不可能有騙子。」長子非常篤定，吸一大口菸。

「還是大哥謹慎。」二子恰到好處地拍了馬屁。

「不過說來真不公平，這筆彩金扣掉媽的醫藥費，還要平分給其他弟弟……拜託，我們在外面打工，要死要活做牛做馬，錢都被媽吸乾的時候，他們還在讀書，根本沒出過力。」

「媽還沒死……」

「唉，也是，不過哪個兄弟要照顧媽儘管接去，我可以少拿一點沒關係，也不想再跟她有瓜葛。」

「依媽這兩年在醫院妥善的保養，估計再活個二十年沒問題，我也沒辦法忍這麼久，只是……」二子語帶保留，菸卡在食指與中指之間，沒抽，任其燃燒。

「只是什麼？」長子聽出不對。

「如果有兄弟願意照顧媽，難免媽會偏心……」

「這倒是個問題。」

「是啊。」

兩兄弟陷入沉默，各有各的盤算與心思之外，有一個不用言明的共識，就是現階段還得孝順母親，以免被拔掉繼承財產的權利。

「這是未來的問題，未來再來煩惱，我打算用醫藥費當理由，先讓媽拿出一大筆來分。」長子沒有隱瞞，畢竟這事需要二弟幫忙。

「我覺得多跟媽拿一些，不算太過分。」二子微笑道：「爲了堵其他兄弟的嘴，可以分給他們一點，我們……則可以多一點。」

「等等檢查報告就會出來了，到時候所有費用確定，我們再跟媽請款。」長子也跟著笑笑。

「如果有這筆錢，我就不用再離開台灣。」

「嘿，我也能把餐車賣了，開一間小店。」

兩兄弟原本被現實消磨到有些混濁的雙眼，忽然充滿光芒，像重獲新生，對未來充滿希望，原本擔心的房租、小孩學費、養老金……都在這瞬間消失，問題再也不是問題。

他們相視一笑，宛若回到幼時那般，沒有憂愁，不分彼此。

「了不起，太了不起了，我！」阿爺爲自己鼓掌，拍得掌心都紅了，「能讓老死不相往來的手足恢復過往的兄弟之情，先不管嚴小姐那邊，光是這項就該記我大功。」

迎春站在一旁不發一語，任由他自吹自擂。

「怎麼了？」阿爺雙手空懸，現場瞬間靜了下來。

「前輩……」

「嗯？」

「沒事了。」

「說眞的，我讓嚴奶奶與孩子們共享天倫之樂，還讓這些孝子們減少困頓、攜手合作……有哪個財神能爲了信眾做到這種程度？」阿爺格外驕傲。

「我知道。」迎春點點頭，面無表情。

「喔？難得妳沒再說那套天眞的言論。」

「嗯，我沒什麼好說的。」

「眞的嗎？」

「是。」

長子口袋內的手機忽然響起，讓迎春留下的冷淡沉默變得沒那麼突兀。

「是護理師通知，看來是檢查報告出來了，走吧。」

□

「很不幸，經過我們檢測，嚴女士罹患了胰臟癌。」

主任對著房間內所有人說出這個結果。

所有人都難以相信，包括翠杉、護理長，以及嚴奶奶的家屬，但不包括嚴奶奶。

不必主任再多解釋，年紀最小的六子一聽到「很不幸」這麼重的辭彙，立刻使用手機搜尋資訊。胰臟位於胃部後方深處，是比肝更沉默的器官，等到發現出問題時，往往後果嚴重，不可挽回了。

胰臟癌是癌症中最麻煩、最致命的惡性腫瘤，九成的病患不能用手術治療，一旦確診，幾乎等於被宣判死刑，發病五年後的存活率不到百分之七，大部分的病患都會選擇放棄治療。

主任嚴肅地解釋完畢，房間內所有視線毫不掩飾地帶著震驚定在嚴奶奶身上。只有看過死神的嚴奶奶勉強保持心如止水，彷彿早就知道有這種結果。

主任再次認眞地說：「目前的狀況，我與幾位醫生討論過，畢竟已經七十歲了，不建議再用手術的方式，我們認爲用化療治療爲主，口服藥物輔助，這樣對嚴女士的負擔比較小，比較能維持生活品質。」

長子忽然想到了什麼，悲憤地一拳捶在牆壁上，怒道：「我媽就是感到不舒服，這兩年才不斷掛號看診，結果你們一個一個當她是騙子，現在突然說得了絕症，誰有辦法接受？」

主任歉然道：「關於這點……」

「我原本是要開開心心帶媽回家奉養，馬的，你們這群庸醫！」長子的情緒有些失控，立刻被其他兄弟拉住，「如果媽有個閃失，我一定要告死你們，不信等著瞧。」

見過大風大浪的主任只是搖頭，沒想到原本為了在法庭佐證的一串健康檢查，卻成了醫院站不住腳的證明，如果鬧上了媒體，「林口醫院逼迫癌症末期病患出院」這幾個字一登上新聞標題，估計自己就要被強制退休了。

然而，遇到了「心臟開刀的病患死賴著不出院結果過了兩年罹患胰臟癌」這種比雷劈更低機率的事，主任也沒什麼好說的，乾脆坦白道：「嚴女士，妳聽過『放羊的孩子』這個故事嗎？」

「幹，你是什麼意思！」一直不滿的長子怒嗆道。

「你們都出去吧……」嚴奶奶對兒子們說。

「媽，難道妳沒聽懂這狗東西的暗示？」

「馬上給我出去！」

嚴奶奶大吼一聲，比較冷靜的二子就拖著兄長，催其他弟弟們先暫時離開房間。

等到這個環境靜下來，她低頭道歉，「抱歉，醫生……」

主任根本不在意家屬的過度反應，繼續說：「妳之前不斷浪費醫療資源，等到近期真正出現腹痛症狀，醫生也當妳在裝病，就沒有更深入地檢查，僅是給點不痛不癢的藥，導致現在的結果。」

「……」

「妳讓單純的醫病關係變成不得不處理的法律問題，這間醫院沒人將妳當成病患，而是當成麻煩製造者，大家怕惹出官司紛紛敬而遠之，誰會注意到妳的病況？」

「我……」

「贏了審判，但輸了一條命，妳還是輸了。」

「……」嚴奶奶啞然片刻，輕輕地問：「請問……」

「嗯？」

「我還有多久的時間？」

主任終於認知到剛剛講得太過殘忍，像這種對病患宣告重症的時刻，其實院方有規定的一系列ＳＯＰ，免得帶給病患與家屬過度的衝擊，而主任完全忘記了。他略帶歉意地將語氣放緩道：「這種癌症來得非常猛烈，身體狀況會忽然急轉直下，如果我們用比較溫和的化療……估計，三個月。」

「……」當嚴奶奶聽到了明確的時間，才感受到死亡在不遠處的震撼。

「很遺憾。」

「不……沒、沒關係。」

「我建議妳跟兒孫們回家共享天倫之樂，只要定期回來讓我們追蹤就好。」主任相當推崇在親屬的陪伴下走完最後一程。

「不了。」嚴奶奶沒有猶豫，連一秒都沒有。

一旁的護理長與翠杉相視一眼，不懂爲何嚴奶奶念念不忘的孩子們出現了，卻又不願意回家與家人相伴。

嚴奶奶還是那副沒什麼反應的樣子，沒人能理解她是沒反應，還是不知道該做何反應。

她先前見到傳說中的死神，心中就已經有底，親耳聽到主任說出口後，又覺得面對這場災厄算是自己的業報。

一切都是報應。

即便如此，也不是沒有遺憾……

「嚴女士，我們有提供安寧病房，妳可以得到全面的照顧，等等讓護理長詳細地爲妳介紹。」

主任的提議喚醒陷入沉思的嚴奶奶。

「不……」她依然拒絕。

「不然，妳是打算？」

「我可以繼續住在這裡嗎？」嚴奶奶的提議，讓院方陷入爲難。

主任僵硬地拒絕道：「……抱歉，我們沒有這種先例。」

「醫生，拜託，通融一下……我保證不會再隨便掛號了，就只是想待在病房……真的。」嚴奶奶懇切地請託。

「這裡是一般病房，沒有辦法提供妥善的照料。」主任搖頭。

「只要待、待到我失去意識就好，你們要我簽什麼都行，放棄急救、器官捐贈……統統可以，你們所有的要求我都能答應。」嚴奶奶的情緒遠比得知壽命所剩無幾時激動，立刻雙膝跪在地上，「拜託、拜託……不要趕我走……」

護理長與翠杉當然不能任由長輩叩頭，連忙扶了起來，苦勸道不須要這樣子。

主任的年紀比嚴奶奶小快二十歲，當然受不得這種大禮，站起身，移到旁邊避開，無奈地說：「請讓我們再討論看看。」

「謝謝醫生，謝謝、謝謝。」嚴奶奶雙掌合十摩挲。

「請妳，保重。」主任愁眉苦臉地走出房間。

□

一如主任的預料，嚴奶奶的狀況惡化得很快。

因為腫瘤壓迫的關係，上腹部非常疼痛，彷彿體內有一塊拳頭大的礫石，稍稍一動，腹腔就會被割得遍體鱗傷，導致她許久沒有睡過好覺，也沒辦法吃完醫院的餐點，整個人削瘦得只剩皮包骨，本來期待的三餐僅剩折磨。

過去每天去花園走走的行程取消，她已經沒有走出病房的體力了，一天當中，最常做的事便是坐在病床邊，無神地呆看著財神像與窗外的景色，灰暗的雙眼，再無任何期盼。

嚴奶奶簽了十幾張翠杉拿來的文件，看都沒看、問都沒問就簽完了名，不過她很清楚這是責任歸屬和保密條款，簡單來說，繼續住在一般病房，院方不負任何責任，並且不得對外說出這件事，替醫院近兩年時間都沒查出癌症的問題解套。

她毫不在意這些身外之事。

能靜靜待在病房，已經很好了。

畢竟這是一般病房，護理師不可能提供二十四小時的照顧，所以從長子排到六子，每一房輪班一天來照顧老母親。

翠杉身爲局外人來看，算相當盡心盡力，即便態度難免有些不耐煩，但可以說是無微不至。

嚴奶奶的病一天一天惡化，常常痛得呻吟哀號，在床上維持蝦米狀的睡姿才能減輕一點痛楚，到後來，不靠嗎啡之類的鎮痛藥劑就無法維持正常的生活作息。

不太能動了，常常躺在病床整天都沒起來。

當她發現自己凝視家人的時間更長，就知道時間已經不多了，生命在用飛快的速度流逝，如雙掌捧起的沙，無論如何都會慢慢地從指縫流走。

有的時候嚴奶奶會看見死神站在床邊觀視。她雖然沒有力氣開口說話，但仍努力地用眼神傳遞消息，表示自己還有一個遺憾未了，現在還不能走。

這兩位外表比自己最小兒子還年輕的死神，實在與坊間的傳聞差距很多，女的死神就像一位青澀的女高中生，一點雜質都沒有的雙眸是滿滿的憐憫與同情，似乎能同步感受到這慘絕人寰的痛楚。

完全不像是以勾魂爲樂的死神，畢竟她的神情眞的太溫柔了。

反之，男的死神就眞的有死神的樣子，長得像時下時髦的大學生，可是那雙深邃的眼睛恍若已經見過太多生離死別，沒有半點波動；那掛在嘴邊的笑容感受不到任何笑意……彷彿眼前不過是無關緊要的動物，苦苦掙扎的求生一點意義都沒有。

不可思議，隔天，嚴奶奶的狀況開始有了改善。

這兩天還能喝點營養品，有力氣跟探病的孫女說說話。

她有七個兒子，最大的長子是自己十九歲時生的，所以長孫女快二十歲，過幾年可能會結婚生下曾孫。

「有個律師說……我的戶頭有一筆錢。」

今日輪班的長子終於等到母親主動開口，突然覺得這陣子所受的折磨有了價值，立刻放下洗一半的杯子，趕快從廁所出來，打算偷偷用手機錄下遺言。

「你很孝順，你們兄弟都很孝順……這段時間對我很好……」

「媽，突然說這個要幹嘛，本來就是兒子該做的，更何況我是長子。」

「嗯……你要好好照顧我的孫女，讓她讀最好的學校，吃得飽，穿得暖。」

「我當人家的爸爸，當然會照顧女兒。」

「記得你現在的承諾……千萬不要像、不要跟……」嚴奶奶停住幾秒，像是不小心踩中了充滿不堪回憶的陷阱，「你一定要當一個好爸爸……」

「媽媽放心，我一定做到。」長子打包票。

時間彷彿倒回四十年前，送小孩去上學的母親，一項一項地交代，反反覆覆地叮嚀，講到後來變得有些囉嗦，卻還是希望在有限的時間內，能交代多少算是多少。

「是是是，不要擔心了。」長子就站在病床邊錄到一大段無關緊要的廢話。

「然後……」嚴奶奶的語氣一沉。

「是我，我在聽。」

「前陣子，有個律師來找我，說我的戶頭有一筆錢……」嚴奶奶仍然感到困惑，話題又兜回來了。

「我知道，是彩券吧？」

「是這樣嗎……」

「沒關係，其實這不是重點，妳不用費心思多想，放寬心養病吧。」

「嗯，那這筆錢扣掉欠醫院的醫藥費之後，就讓……所有兄弟平分吧。我的喪事別花太多錢，用最便宜、最簡陋的，隨便燒一燒就可以。」嚴奶奶感到疲倦了，調整個姿勢準備睡一會。

「等等……所有兄弟平分嗎？」長子的臉色很難看，「確定是所有兄弟？」

「當然是，比較公平。」

「……」

「我累了，想睡一會。」嚴奶奶閉上眼睛。

「妳……」長子雙拳緊握，渾身激動得顫抖，幾乎是用盡全力才壓制住快噴出的怒火，過往幾十年累積的委屈與怒意快要炸開，對於躺在床上病懨懨的老女人，只有衝過去踹上兩腳的衝動。

可是，不行。

如果在關鍵的時刻翻臉，可能連一毛錢都拿不到。

長子的臉憋成鵝肝色，忿忿不平地甩頭離開病房。

□

翠杉身爲一名護理師，面對龐大的工作量，還是會抽出時間去看看嚴奶奶。

畢竟嚴奶奶目前的特殊定位，比起病人還更像是房客，護理站並不負責照顧生活起居，全由家屬接手……到了胰臟癌末期，任何治療都是無意義的折磨，遠遠不如嗎啡來得有用。

不過，最近嚴奶奶的狀況不錯，說不定能坐在輪椅上出去逛逛街。

她抱著一疊要歸檔的紙本病例，不搭電梯，要爬樓梯上五樓。

這是她自訂的健身計畫，除非趕時間，否則盡量走樓梯，維持比較健美的體態。

既然有電梯這種方便的設備，樓梯這種累死人的東西，自然沒有人會用，翠杉很喜歡這塊醫院中難得安靜的地方，有的時候還會哼些輕快的歌曲，讓回音迴盪在這個樓梯間，成爲個人的ＫＴＶ室。

「操他媽！」

一聲極爲憤怒的咒罵讓她停下了腳步，抬起頭，看向聲源傳來的地方。

「折磨我一輩子不夠，連死前都要整我，妳敢信嗎？她爲了補家裡的坑，借錢借到我的學校去，跟老師借、跟同學家長借，馬的，我還能讀什麼書？丟人現眼，逼得我五專沒讀完就出來工作，今天才淪落到這種程度。」

翠杉停下腳步，豎起耳朵聆聽。

「妳是我老婆，不要再叫我忍，操！我這輩子最了不起的事，就是能夠忍到現在。他們欠的債，我辛辛苦苦還多少了，其他兄弟要不逃出國、要不年紀輕，都靠我才能支撐，撇掉這十年，我跟妳躲起來沒被找到，之前的二十年我幾乎被榨乾了。」

翠杉似乎聽懂了什麼。

「她怎麼不早一點死一死！說什麼兄弟平分？對得起我的努力嗎？我看她是腦袋都有問題的啦，根本就搞不清楚狀況，每一個兄弟付出的都不一樣，怎麼可以平分？憑什麼我只能夠拿七分之一！」

翠杉一下子就認出來，這是嚴奶奶的長子，不知道爲什麼，正在對著電話中的妻子抱怨。

她不動聲色，繼續靜靜地停留一會。

「就應該送她到安寧病房，或者隨便請一個看護算了，累得我工作都有氣無力，血壓又升高了好多，當初是希望她能知道，眞正孝順的兒子是我，卻沒有想到、沒有想到她居然用平分的方式，那我做牛做馬又有什麼意義！」

「唉……」翠杉大概瞭解是什麼狀況了，默默地退出樓梯間，改搭電梯上去。

送完紙本病歷之後，立刻趕往嚴奶奶的病房，還在打電話抱怨的長子沒有回來。

「妳睡了嗎？」

「沒……又有點痛。」

「我替妳翻個身，換個比較不會壓迫的姿勢吧。」

「嗯……」

翠杉用一貫溫柔的力道挪動嚴奶奶的雙腿，直到痛楚減緩，她才拉著椅子坐在床邊，清清喉嚨，構思措詞，卻想不到更好的說法，原本以爲很容易就能說出口，實際上卻很難……

因爲實話，往往最傷人。

「怎麼了？」

「我、我有點……不知道該怎麼說。」

「妳向來不都是有話直說的嗎？」嚴奶奶不禁笑了。

「我是怕妳難過。」被揶揄的翠杉反駁。

「說吧……到這種時候，沒什麼事能讓我難過。」

「妳別太悲觀，現在狀況明顯有變好，一週三次的化療顯然有效。」

「快說，別再東拉西扯。」嚴奶奶對這位忘年之交向來也是有話直說。

「妳是不是有一筆大錢？」

「似乎……是吧。」

「我建議，妳應該趁現在把錢都花光光，看是要吃喝玩樂，還是菸酒嫖……不是，是菸酒賭博都好。」翠杉說錯話也沒笑場，異常認眞地說：「錢夠的話，找個私人醫療團隊跟著，就算是出國玩也行啊。」

「……爲什麼突然說這些？」嚴奶奶皺起眉。

「因爲、因爲……」

「嗯？」

翠杉深吸一口氣，豁出去道：「妳常常掛在嘴邊，那些優秀又孝順的兒子，根本就、根本就很恨……」

「我知道。」嚴奶奶淡淡地說。

「妳知道？」

「自己兒子是什麼樣子，做母親的，會不知道嗎……他們就是爲了那筆錢，才會一個又一個冒出來的。」

「既然如此，妳爲什麼？」

「就算是假的，這段時間他們對我很好……在死前能享受天倫之樂，不錯了。」

「這也能算？」

「翠杉……妳還太年輕，很多時候只要有結果，其實過程一點都不重要，學會睜一隻眼、閉一隻眼，才能夠學會眞正的快樂。」

「我、我大概永遠都學不會吧。」翠杉完全不能理解這種說法，甚至不能理解到連發問都沒辦法。

「沒關係，願妳永遠不用學會。」嚴奶奶伸出手，輕撫這位忘年之交的臉頰。

「……」翠杉感受著指腹的厚繭，雖然聽不懂字面上的意思，可是能理解那沉重的遺憾。

「而且，我的確不是個好母親，沒有給他們好的環境就罷了，還在他們長大後不斷地要錢……」嚴奶奶彷彿說著別人的事，「他們這樣對我，並不算過分。」

「怎麼能這樣說……」

「如果我把那筆錢分給他們，這代表……我沒欠他們什麼了。」

「……」

「下輩子，不要再當母子，不要再有任何牽連。」

這麼濃厚的情緒，讓翠杉有點吃不消，只能低聲問：「妳就沒有什麼遺憾嗎？」

「我想……還是有的。」嚴奶奶幽幽道。

「可以告訴我嗎？」

「我有兩個遺憾，一個不可解，一個大概也沒有機會解了。」

「是什麼？如果我幫得上忙……」翠杉是眞心想幫忙。

「我曾經錯信了一個男人，讓我的人生，一步一步走到這般田地，所以妳記得，不要相信男人，無論多愛、多親。」

「這個、這個，我……」沒談過戀愛的翠杉也只能支支吾吾帶過，「那另外一個呢？現在科技發達、網路無遠弗屆，說不定有辦法可以解決。」

「另一個……另一個……」嚴奶奶的嘴微張，始終是說不出口。

「說嘛，我不會告訴別人的。」

「算了吧。」

「別吊我胃口啦，萬一妳過世了，我豈不是永遠都不能知道。」翠杉果然是百無禁忌。

「呵……咳咳咳咳！」嚴奶奶笑到嗆了一口口水。

「抱歉、抱歉。」翠杉連忙扶起嚴奶奶拍背。

等到嚴奶奶稍稍平復，躺回去病床，又好氣又好笑地側過頭，用宛若祈禱的音量，對著連結世界的窗說話。

「還少一個、還少一個……」

□

阿爺坐在剛剛翠杉坐的椅子上心有所念，見不到身後迎春的表情。

「好啦，我們的工作到此也算是成功完成，錢出去，孝子歸來，人人發大財！」

「前輩……我們究竟是做了什麼？」

「我有哪一點沒做到嗎？給他們發一筆橫財，讓原本分裂的家庭復合，母子再次團聚。」

「前輩利用錢玩弄人的情感，真的沒有違反財神的規範嗎？」迎春的語調好沉。

「我？妳說我嗎？」阿爺一臉無辜。

「……」迎春不願意再著他的道，進入玩文字遊戲的強辭奪理當中，「前輩說要幫助他們母子團聚對吧？」

「當然，本財神一諾千金。」

「那他們根本沒有母子團聚，明明嚴奶奶有七個兒子，現在怎麼算都只有六個。」

「喔，妳居然察覺到這點，眞是了不起。」阿爺爲這位財神見習鼓掌，像完成什麼了不得的偉業。

「如果前輩無法達成信徒之願，只要深切檢討自己，下次再多多努力就好。」迎春不甘示弱。

「那妳有沒有察覺到……爲什麼嚴小姐與其他六個孩子，都絕口不提第七子？」阿爺轉頭問。

「這……」迎春沒有想過。

「身爲財神，妳還是太嫩了……」阿爺眉尾挑起。

「前輩知道原因嗎？」

面對迎春的質疑，阿爺緩緩地回過頭，看向這間病房、看向躺在病床上的嚴奶奶、看向空氣中幾乎無法散去的惆悵與怨懟……不禁展開一貫的璀璨笑容，愉悅地說：「因爲丟臉。」

「……」

「對他們來說，有位混黑道、顧賭場、坐過牢、被通緝的弟弟，眞是太丟臉了。」

「……怎、怎麼可能，前輩，你到底在說什麼？」迎春睜大雙眼，第一次感到有些不安，身前的前輩變得格外陌生，看起來還是那個前輩沒錯，可是表情、語氣不太對。

阿爺緩緩抬起手，指尖牽引她茫然的視線，一同對準了病房之門，「看，嚴奶奶的第七個兒子不是來了嗎？」

彷彿聽到了呼喚，精準得如舞台劇演員的進場安排，歐陽穿著整齊正式的衣物，踩著輕微又愼重的腳步，緩緩地走進病房、緩緩地走近病床邊，一切都是那樣地緩慢得一切細節都如此清楚。

「媽，我來了。」

原本快睡著的嚴奶奶聽見七子之聲，睜開了雙眼，先是一愣，起初還不敢相信，可是當歐陽的面容進入到視野當中，那清秀白淨的臉孔，就算燒成灰也絕對認得的模樣，讓她非常確定，好幾年不見的小兒子來了。

總算來了。

在這個剎那，她確信這個世界上眞的有神，否則不可能連絕對無法達成的願望都能夠成眞。

原本還想冷靜地多說些什麼，盡個母親的責任，問問有沒有吃飽、日子過得怎麼樣，可是沸騰的情緒再也控制不住，她旋即哽咽地說：「好……來了就好……」千言萬語都融成這句話。

「抱歉，讓妳等這麼久。」歐陽有些內疚，畢竟這麼長的時間沒見，忽然之間重逢，連自己都非常激動，何況是歷經風霜的母親，他趕緊靦腆地堆起笑，穩定一下險些失控的情緒，小心翼翼地扶起嚴奶奶。

「你出來了？」

「假釋，比較早出來。」

「出來就好……出來就好……」嚴奶奶老淚縱橫。

「嗯，我來接妳出院，能站起來走嗎？」歐陽眼眶也紅了。

「記得……出來了，就不要做壞事。」嚴奶奶哭著囑咐。

「放心，我也沒有機會了。」歐陽苦笑，牽起媽媽的手，一步一步往病房外走。

「那就好。」嚴奶奶抹掉眼淚，欣慰地破涕爲笑。

「媽，走慢一點，別急。」

「我很急啊，巴不得直接飛出去呢。」

「爲什麼？」

「我當初可是跟所有人誇下海口，要健健康康、堂堂正正地走出醫院。」嚴奶奶說到這裡，不免又落下一滴眼淚，「如今，算、算是達成諾言了。」

他們母子，走到了護理站外，護理師們的腳步一樣匆忙。

「怎麼了？」歐陽問。

「我想跟翠杉打聲招呼。」嚴奶奶東張西望，但沒看到自己想找的人。

「媽，我們還是得趕趕時間。」歐陽拉了拉母親的手。

「我想要多謝她的照顧。」

「這麼善良的人，我想她一定能理解妳的心意。」

「你還沒有交女朋友吧？我想介紹你們……」

「我有女朋友了，叫作芬芬。」

「是芬芬？什、什麼時候？怎麼沒讓我知道？」嚴奶奶覺得自己最小的孩子，在三十九歲時冒著生命危險誕下的孩子，似乎已經長大成人。

「妳不知道的事可多了，路上我再慢慢告訴妳吧。」歐陽繼續帶著母親往前走。

「等等……」嚴奶奶忽然停下腳步，眼神飄忽迷離地問：「你爸爸呢……」

「我不清楚。」歐陽淡淡地說。

「他……」

「他害妳一輩子，到這種時刻，妳還牽掛他嗎？」

「不管怎麼說，他都是我的丈夫、你的父親。」嚴奶奶苦澀地笑，似乎也覺得自己荒謬。

「從小到大妳都待我很好，我清楚妳常常跟哥哥們挪錢，都是爲了替那個以投資之名、行賭博之實的垃圾擦屁股，害得所有兄弟都恨妳。現在，放過自己吧，垃圾自然有垃圾的歸處，妳也有妳的。」歐陽難得提到父親，卻沒有過度的恨意。

「嗯……好吧。」

「我們走。」歐陽再次攙扶嚴奶奶，繼續往前方緩行。

沒有遺憾、沒有停留。

病房區與訪客電梯之間，有一塊占地四、五十坪的大堂。

他們的身影逐漸消失，身後跟著一名帶有黑色光圈的陌生男子。

「再見啦！」阿爺對他們揮揮手，親切地表達送別之意。

可惜歐陽與嚴奶奶沒有聽見，倒是像被一團黑霧包圍的陌生男子稍稍點頭致意。

迎春面如寒冬，堆積著失望的眼角在抽搐，無法接受最後是這樣的結尾，所謂善有善報、惡有惡報的鐵律宛若失去意義。

「在死亡之前，遇到的所有事都會是好事。」阿爺是衷心感到高興，母子重逢永遠是他最愛的戲碼。

「前輩……這也算是好事嗎？」迎春冷冷地問，肯定自己不是第一次問。

「畢竟也沒有比死更糟的事了。」

「……」

他們沒再言語，連眼神都沒有交流。

兩週，過去。

與政府簽約的生命禮儀公司，派了兩人一車到林口醫院的往生室。

他們是社會福利性質的機構，簡單來說，就是替政府處理沒家屬收留的大體或無名屍的單位，畢竟是免費，講究的是效率，與一般收費的生命禮儀公司完全不一樣，沒有莊嚴、沒有肅穆，就是把死去的人，從這個冰箱挪到另一個冰箱。

嚴奶奶就這樣子出院了。

沒有健健康康，算不得堂堂正正。

過程中，只有翠杉告半天假，帶著一枝百合花，默默地送嚴奶奶最後一程。

林口醫院的往生室最多只能停留十四天，讓家屬接回大體依自己的宗教信仰辦理後事。

在嚴奶奶生前表現得相當孝順的子孫們一個都沒有出現，徹徹底底地撒手不管，擺明任由遺體自生自滅。

院方完全沒有想到賴在病床兩年不出院的嚴奶奶，死後依然賴在往生室不走，最後只能讓公權力介入。

翠杉覺得自己很不敬業，身上的白色護理師服有工作之中不可避免的點點污垢，以這樣的服裝來送嚴奶奶似乎很沒禮貌。

她雙手匆忙地拉下衣襬、撫平醜醜的縐痕，試圖讓自己更體面一點。

縱使，這裡根本沒有人在乎，不，是根本沒有人。

翠杉再次覺得自己很不敬業，護理師做久了，自然會面對許多生離死別，所以前輩們都會刻意與病患保持距離，公事公辦，按規矩來，這樣子就算是活生生的人在面前逝世，也能安慰自己，這不過是工作的一部分。

可惜，她還是哭得亂七八糟。

她拚命地發誓，在心中瘋狂大喊，絕對沒有下次，前輩的告誡都是對的，病患會以兩種方式出院，嚴奶奶只是運氣不好，不是在家人陪伴下走出醫院，這沒有什麼大不了的，靈車都走遠了，不要再哭了。

在翠杉的哭聲中，迎春與阿爺的沉默在延續。

再兩週，過去。

嚴奶奶的長子已經許久沒有工作，今天天氣不錯，他特地穿上新買的西裝，在名牌皮帶、皮鞋、手錶、領帶的加持下，獲得五十年來從未擁有過的自信，梳好地中海禿頭後所剩不多的髮絲，準備去談一筆交易，以這筆交易爲起點，讓過去跟著自己受苦的妻女過上好日子。

鎖在小巷內的蔥油餅餐車，因爲太久沒有推出來營業，多處蒙上一層灰，輪胎邊還有野狗的大小便，像是隨時準備報廢，做出來的食物恐怕也沒人敢吃。

長子皺眉，會回到這裡，是打算將餐車出售，可是髒髒舊舊賣相不佳，售價會大打折扣。

他不得不小心翼翼地挽起袖子，用鑰匙解鎖鐵鍊與擋板，打算在買家來之前好好地清理一下，把收在餐車內的廚具一一拿出來，刀、剪刀、鍋鏟、碗、碟，都徹底清潔過一遍，整齊地擺在料理平台上面。

「大哥。」

「你們怎麼來了？」

正在接水管的長子，沒想到來的人不是買家，而是五位弟弟，表情有些詫異。

「最近要找到你真的很不容易。」

「我準備要開店了，根本就忙不過來。」

長子連眼皮都沒抬，像是沒見到其他兄弟，連二子的嘲諷之意都當作沒聽見。

「我們討論好了，覺得你這樣分配媽的遺產很不公平。」二子被兄弟們推派出來跟長兄談。

「你們都領到各自的份了，哪裡不公平？」長子平淡地用水管沖狗屎。

「重點是老七那一份。」

「有問題？」

「老七那份被你拿了，當然有問題。」

「老七都死了。」

「所以他那份也該除以六。」

「你們都拿到那麼多錢，還這麼貪？」長子口吻不屑。

「哼，那你呢？連媽的喪葬費都吞掉，大體就扔在醫院，讓政府當成無名屍處理，你還要不要臉！」二子見長兄一身名牌，外加愛理不理的態度，脾氣跟著上來了。

「那你處理啊！是媽特別交代不要浪費錢在喪事，我才這樣處理的，不滿就去問媽沒關係。」長子扔掉水管，怒火上竄。

「好啊，沒關係，媽的事就算了，老七那份今天一定要算清楚。」

「行，來算！當初老爸欠一屁股債，你在哪裡？他到處借錢說要去投資結果全部賠光，親戚、鄰居、同學對我吐口水時，你在哪裡？操他馬的，你們才幾歲？現在敢跟我算？」

「我們誰沒被那個垃圾拿過錢？就連老七讀醫學院的就學貸款都被偷領走，我們全是受害者，跟年紀無關。」

「討債集團找上門，媽哭著打電話跟我調錢時，你他媽的早就躲到國外，不要跟我講大家都是受害者這種豪洨話！」

「爲了替那個垃圾善後，媽跟所有兄弟要過錢，絕對不只有你。」

「我繳的最多啦，我幾歲就出來工作了，你、你、你。」長子怒指四弟、五弟、六弟，「你們才幾歲？又懂個什麼？今天敢跑到我面前討錢？」

「你不要再扯遠。」二子按下長兄的手指。

「老爸愛賭、愛投資的毛病在老七出生前就很嚴重了啦，他拿家裡的錢去投股票、期貨，這有一部分就是我賺的，懂了沒？你們有什麼資格跟我平分？」

「有沒有資格不是你說了算。老七無妻無兒，過世後的資產當然是由我們兄弟幾個人平分。」

「他都已經改姓歐陽，沒資格分我們嚴家的錢，所以死後根本沒資產。」

「你到底講不講理！」二子氣得雙手握拳。

「你們沒資格跟我講道理！」長子臉紅脖子粗，半步不退。

「幹！」六子忍無可忍，抄起餐車上的刀，直接往長兄的肩膀砍下去。

「你敢！」長子握起剪刀，直接刺進六弟的脖子，拔出，鮮血狂濺。

「你、你做什麼!?」二子撲了上去，手臂也被刺傷。

顯然長子已經殺紅眼，徹底失去理智，其他沒受傷的兄弟一擁而上，或重或輕都被剪刀刺中。都到這種程度，說是被迫也好、洩憤也好，下手再無保留，圍殺自己的長兄。

一拳一拳、一腳一腳、一刀一刀，餐車都是血跡，柏油路漸漸積了一灘血。

每個人隱忍的恨意全數爆發，過去每一件不滿的小事都被無限放大成痛下殺手的理由，直接將從小到大的帳，透過拳腳相向、利用利刃鈍器，算個一清二楚。

相同的血脈，流出，全部混在一塊，血濃於水。

原本還有一絲理智的人，也爲了自保先發制人，本來就失去理智的人，更是沒半分克制，怒氣與怨氣編織成超乎想像的衝動，由金錢催發出強大的殺念。

眼睜睜看著兄弟相殘，迎春的沉默仍在持續，不過沉默得更冷、更堅定，然後沉默在下一秒鐘被打破。

「如此邪惡……」

「妳看到現在才……」

「如此邪惡。」迎春的瞳孔映照著血光，嘴裡只是複誦。

阿爺發現她的狀況，安慰地淺淺笑了，整個時空隨即暫停，長子坐在地上抵抗、二子一腳踢出、三子猙獰地怒吼、四子背後偷襲、五子高舉大鎖、六子失血過多，倒地抽搐。

畫面凝固。

阿爺撇過頭來對閱讀到這裡的讀者，說：「是的，如此邪惡，如果她能領悟到這一點，那第二階段的財神實習教育課程算是相當成功。」

「我最希望她能明白這點，這個世界其實只有一種邪惡，就叫作貪婪。」

「我們將所有不好的事抓過來，一刀剖開，往裡面挖，不斷地挖，抽絲剝繭，去除假象，然後在最核心、最深的地方，都會發現貪婪。」

「人的貪婪是無止盡的，貪錢、貪權、貪圖美色，無所不貪……你說貪婪必定有極限？很抱歉，我告訴你，還眞的沒有，就用嚴家長子舉例算了，其實他最一開始的願望很簡單，曾在十幾年前在財神廟親口對我說過。」

「不再被家裡的負債牽連，平平安安地娶妻生子成家立業，是的，就這麼簡單。可是身爲財神的我卻無法實現，因爲他的貪婪就註定不可能平安。」

「再來，他獨立了，切斷與父母的連結，開了煎蔥油餅的餐車，收入普普通通，勉強夠養活妻女，於是又跑來跟我祈求，希望能賺更多錢，讓家人過更好的生活。」

「ＯＫ，現在拿到了一大筆錢，買個店面應該沒有問題，相信收入能變得更多，如果好好經營的話，未必沒有鹹魚翻身的機會，好歹從一個攤販老闆，變成眞正的店面老闆了。」

「沒想到，開了一家店，還不能滿足，說是希望老婆跟女兒能過上更優渥的生活，在外面能抬頭挺胸高人一等，希望接著開第二家分店，或者是把店面換到更黃金的地段，這需要更多的資金，所以他吞掉了老七的錢。」

「你有沒有發現，他永遠打著爲別人好的旗號，然後滿足自己的私慾，最後走向不可挽回的結局……」

「沒關係，我們先假設他逃過此劫，分店一家一家地開，把台灣的蔥油餅推向國際，成爲風靡全世界的美食，錢不斷不斷地進來，資產越來越龐大，到達麥當勞這種程度，推出了麥香蔥油餅、雙層牛肉蔥油餅、黃金起司蔥油餅、凱撒蔥油餅沙拉、快樂蔥油餅分享餐，大賺特賺，財源滾滾來。」

「錢已經多得花不完，他開始轉投資其他產業，而且眼光格外準確，投資什麼就賺什麼，短短幾年就成爲世界首富，翻雲覆雨，所向無敵，開始將手伸往政治界，獲得至高無上的權力。」

「這樣夠了不起了吧？他的貪念能告一段落了吧？已經沒有目標可以追求了吧？錯了，大錯特錯，他會對我祈求長生不老，然後動用所有資源去挑戰死神。」

「可惜我不過是個財神，除了笑笑之外，還能怎樣？我除了在一旁看著，還能怎樣呢？」

「希望迎春能領悟，人呀，就是由貪念驅動的生物，永遠不會滿足、永遠不會滿意，所謂的讓人快樂，別傻了，根本沒有神做得到，擁有再強大的神權都做不到。」

「嗯，就先這樣啦，我要說的故事到這邊就差不多了，如果故事硬要有後記的部分，那好吧……我就在這裡講一講，雖然我的個性是比較容易驕傲一點，大概沒有人會喜歡我，但是，如果能讓你們這些成日燒香拜神的人，能少對神祈求些異想天開的願望，我也算累積了福報。」

「說眞的，你們在對無生命的木雕跪拜時，又怎麼會知道……是拜了怎樣的神？」

阿爺像貓一般瞇起了雙眼，嘴角勾起了一道若有所指的弧線。

在這道不像笑的笑容中，原本停滯的時空又開始流動……

剛剛路過的行人暗中報警，警察趕到這條巷子前，原以爲不過是一群醉漢打架，沒想到竟然鬧出兩條人命。

救護車趕到，支援的警車趕到，在足以照亮整條巷子的紅藍閃光內，隨著警察舉槍怒叱，殺紅眼的嚴家子弟總算是冷靜下來，檢查身上的傷，抹掉掌上的鮮血，注視著躺在路上兩名再也不會動的兄弟，總算是明白剛剛發生什麼事。

渾身發抖，追悔莫及……

小巷漸漸塞滿了人，圍觀的人漸多，都來見識這場離奇凶殺案，輕傷的兄弟被押進警局、重傷的兄弟在戒護之下送到醫院，死去的兄弟則在妻女哭喊聲中蓋上白布。

關於嚴家的故事也畫上了一個句點。

「好，任務結束，皆大歡喜。」阿爺雙手一拍，象徵一個段落。

「前輩……」見證一切的迎春，慢慢地喊了阿爺。

「嗯？」阿爺一邊應了聲，一邊往巷子外走。

「前輩……」迎春快步跟了上去。

「怎了？」

「前輩。」

「啥？」

「前輩！」

「妳到底要幹嘛？」阿爺在人行道上止步。

「你眞的是罪該萬死呢！」迎春的怒意從齒縫中洩出。

「……」阿爺猛然回首，警覺地後退數步。

迎春周身象徵財神體系的金芒，被烈火般的赤紅色光芒吞噬，展現出腥風血雨的駭人氣勢，身上的衣物無風鼓動，粉紅色的短髮被紅色光圈生生染成血色，本有的少女神情蕩然無存，只餘替天行道的怒相。

「等、等等……這是幹嘛？」

附近的空間不安地扭動變形，明明身處大馬路旁的公共區域，阿爺卻有被拖進地獄的戰慄感受。

「身爲財神，濫用神權，罪其一。」迎春愼重地從圍繞自己的赤芒中抽出一柄劍。

「誤會，這肯定是誤會。」

「妖言惑眾，死性不改，罪其二。」

「我既然沒錯，又何必要改？」

「利用金錢，玩弄人性，歐陽身死，嚴家敗亡，罪其三。」

「拜託，這、這關我……」阿爺發現自己退到沒路。

在這個空間，又出現另外兩道威嚴的身姿，一女年約三十，藍髮飄浮，身著醫師袍，手持長戟；一女年約十五，黑髮齊眉，身穿校服，手拖關刀。

她們與迎春的長相、姿態皆異，唯有包裹身軀的如燄紅芒相同，且極有默契地以三角形站位，巧妙地堵死阿爺全部的退路。

「我懂了……原來是這樣……」阿爺向來從容的笑容凍結，顫聲道。

「如果懂了，就乖乖伏首認錯，不要有多餘的抵抗，前輩。」迎春冷冷地說，再無過去當財神見習時的嬌柔表情。

「不公平！這太不公平了！」阿爺大喊，那條長到腰間的領帶隨之晃動。

「公不公平是你與天庭之間的事，我們『城隍』不過是陪你走這段路而已。」

「我到底做錯什麼，需要派出三位城隍？搞不懂欸，我眞的搞不懂欸，有那麼嚴重嗎？靠，我就是個財神，超商版的聖誕老人，是能做出什麼傷天害理的事嗎？不可能啦，這一定有誤會，沒錯，妳們找錯神了。」

「前輩，到天庭之前，所有眞相都會大白。」

「妳根本就不是見習，堂堂一位城隍居然隱藏身分，未免太卑鄙了。」

「走吧，前輩。」

「迎春，妳、妳居然騙了我！」

阿爺頹然跪倒，展現出放棄掙扎的姿態，任由另外兩位城隍過來押解自己。

他緩緩地扭過頭，朝著閱讀到這段的讀者恢復親切的微笑，有些無奈地聳聳肩。

「我是不是早就說過很多次，迎春與城隍都是標準不食人間煙火的傢伙？有吧？絕對有吧？」

□

阿爺一直認爲「天庭」是諸多世界中最神祕的所在。

天庭不是庭院、不是組織、不是生命體……天庭是一道「門」。

這道門估計有四百層到五百層高，約有兩百線道的馬路寬，站在門前抬頭見不到最高處，只會感受到直接壓迫在精神上的龐大力量，會讓每個見證天庭存在的意志，產生自己不過是螻蟻的錯覺。

門是用通體白玉所造，究竟是誰建築的？何時聳立於此的？就算是現存最古老的神，也只能說出「當我有記憶，天庭就已經在了」這種模稜兩可的廢話。

天庭是神職體系的中心，所有神擁有的神權都是來自天庭，「主門」從未開啓過，兩扇門板底下有一排大小不一的「副門」，像是給寵物進出的小門，所以阿爺常戲稱神不過是天庭養的一群狗。

每個副門對應不同的業務，城隍辦事自然也有專門的副門，還有個很直接的名稱曰「是非門」。

附近來來去去辦公的神非常多，當然也會有阿爺的同事意外路經是非門，見到阿爺跪在門前，由三位發出紅光的城隍控制，紛紛竊竊私語，露出「果然」、「不意外」的眼神。

「財神果然勢利。」阿爺自嘲地笑了笑，四肢被紅光壓制，被迫跪在門前。

這次的臥底行動由迎春計畫且執行，向是非門報告獲准後，獲得暫時改變神職的權利與薄石板，她消去象徵城隍的獄炎紅光，讓祥瑞金光隨身，成功地拜阿爺爲師，成爲一名財神見習，埋伏在身邊觀察與蒐證。

如今，罪證確鑿，順利收網，當然要將罪神帶到天庭，讓是非門做最終的裁決。是非門，半黑半白，像世間所有，非黑即白。

如果被判定有罪，是非門會開啓，執行懲戒，比較輕的，大概就是減去或清空福報，比較重的，地獄百年遊。

像阿爺的案子依過去的判例，算是重罪的範疇，上一個案例，是被拔去神籍，抽出精神意志被放進一條活在台灣海域的黑鮪魚，終生皆在逃脫漁船的追捕，最後仍被釣中，硬生生地被拖行數十浬，軀體被切成一片一片的肉塊，被人類蘸醬嚼碎吞進肚子，然後消化成一條排泄物。

阿爺苦笑，實在不想變成糞便，悄悄地看了一眼自己的學生。

「罪神的主要罪行，是濫用財神神權，導致歐陽橫死與嚴家敗亡。」迎春朗聲向是非門報告。

「我沒有。」阿爺直接插話。

「這事情，要先從歐陽與憨支這對摯友說起。」從頭到尾都跟在旁邊的迎春什麼都清楚，自然不會給罪神強辯的機會，「他們來到財神廟祈求，罪神就將其當成玩具。」

「我沒這種嗜好……」

「來到財神廟皆為求財，罪神利用歐陽的孝心，明知道歐陽為了彌補入獄這段時間沒有盡到照顧母親的責任，在內疚的心態下，認為自己須要籌一筆錢支付嚴奶奶的醫藥費，不惜鋌而走險，在黑社會打滾，就算如此，歐陽亦遵守本心，沒有做過害人之事。」

「我不認為混黑道還能算遵守本心。」阿爺搖頭。

「本有機會成為醫生，是歐陽的家境逼他無從選擇。」迎春依舊為此惋惜，「而身為財神，你不幫忙就算了，還設下陷阱給他跳，何其邪惡！」

「我邪惡？」

「正是。在歐陽替詐騙集團當車手領錢時，你濫用神權讓ＡＴＭ故障吐出一大筆錢，金額幾乎就是嚴奶奶的醫藥費用，這擺明是在玩弄人心，在飢餓之人面前放一塊麵包，誘使其偷竊犯罪。」

面對迎春的指控，阿爺凝視著是非門，無可奈何地說：「沒有人會將錢硬塞給他，錢只不過是擺在了地獄的入口。」

「強辯。」

「這是歐陽的選擇，是心中的貪念作祟，與我沒有半點關係。」

「是非門不可能相信這種歪理的，省點口水吧。」

「唉。」

「再來，要說到憨支，憨支此人好賭成性，近期屢賭屢輸，欠了一屁股債，正到了走投無路之際，碰到身攜鉅款的歐陽，罪神居然刻意跨入塵世，撞擊歐陽一下，讓兩疊鈔票落進憨支視線，導致這對好兄弟反目成仇，爲錢相互砍殺。」

「是憨支向我祈求，想要得到二十萬，我見他十賭九輸不過是運氣不佳，等到過一陣子運氣轉好遲早會贏大錢，所以我打算幫他一點小忙……說到底，這不過是財神例行的小額投資，不信，妳隨便抓個財神來問問就知道。」

「就偏偏選那個時刻？」

「當時誰知道他們的兄弟之情如此脆弱？爲了貪個二十萬翻臉，這也能怪我嗎？」阿爺無辜地癟著嘴。

迎春氣極反笑，續道：「之後，ＡＴＭ被神權控制隨意吐鈔的事，引起社會高度關注，當然也會引起黑色勢力的覬覦，黑道與警方鋪天蓋地搜索歐陽，歐陽躲避了層層追捕，好不容易來到醫院前，差一點點的距離，只要走過馬路就能繳清嚴奶奶的欠款……眞的就只差幾步路……」

「這與我無關。」阿爺再強調一次。

「但歐陽知道醫院必有埋伏，終究還是沒達成心中的願望。」說到這，迎春的語氣黯然。

另外兩位城隍也是面露同情之色，可是同情之外，一位眼眶泛紅，彷彿親眼見到孝子欲見母親卻不可得的淒涼，一位咬牙切齒，手上的關刀宛若快不受控制地要斬向禍首。

「諷刺的是……無處可逃的歐陽，最後逃到深山中的財神廟，在即將被殺手槍殺之際，仍感激財神庇佑，遺留下一張彩券，殊不知、殊不知……財神才是摧毀他一生的凶手。」迎春則是怒意與同情皆有，畢竟長時間地觀察過歐陽，難免有更多的惋惜。

「好，假設我眞是十惡不赦的凶手，這麼長的時間，妳爲什麼不阻止我？」

「因爲……我還是有一絲期盼，相信前輩是個善神，只不過是行事怪異才會被大家誤會。」

「……」

「我是眞心相信前輩說的『財神的工作就是讓人快樂』，在育幼院時，我更是深信不疑……甚至覺得財神眞是偉大的神祇。然而，當歐陽一步一步走向死亡，我不得不清醒了。」迎春的雙眸中盡是失望。

「那歐陽死之後？」

「我刻意裝作不在意，當然是要繼續收集罪證，要你爲過去千百年你所害過的人付出代價。」

「是嗎……」阿爺無話可說。

迎春不願再看自己曾經偷偷景仰的前輩，繼續對是非門報告，「那張歐陽留下的彩券，在罪神濫用神權的情況下，竟然開啓了另外一個惡夢……」

「這也和我無關。」

「嚴奶奶被歐陽之外的六個兒子遺棄，長年沒有聯絡，無論醫院通知多少次，就是沒有兒子願意出面，著實是一場人倫悲劇。」

「是與我無關的悲劇。」

「原本是與你無關沒錯，但嚴奶奶在歐陽坐牢到出獄籌錢這段時間，嘗盡了人情冷暖，處在情緒非常低落的狀態，這又激起你的邪惡之心，想要趁機玩弄人性。」

「她唯一的希望就是母子團圓，最後也達成所願了啊。」

「你再次濫用神權讓彩券中獎。」

「我記得這可是歐陽的祈願。」

「利用這一大筆錢……誘惑其餘六子全數聚集到嚴奶奶身前。六個兒子與母親毫無感情，表面上孝順不過是為了分到遺產，人性再度被扭曲，導致兄弟之間各懷鬼胎，最後動手弒兄，六子中兩死兩傷，活下來的都得面對法律之刑。」

「他們的選擇、他們的貪婪，真的與我無關。」

「嚴家就這樣徹底敗亡了，你怎麼敢說無關！」

「妳知道我當財神多久了嗎？」阿爺忽然扯開話題。

迎春老實道：「不清楚。」

「沒錯，正確答案，我自己也不清楚……在這久到我懶得記的光陰中，遇過數之不盡的人、處理過數之不盡的case，當然曾經犯過幾次小錯被扣除福報，但，從未有過大錯。」

「你是老油條，隱藏得太好。」

「妳還是不懂……」

「廢話少說，一切交給是非門查證。」迎春報告完畢，等待是非門的反應。

天庭是無比神祕的所在，無神知道門之後的運作方式，只知道門給出的指示往往不會偏差。阿爺跪著，忽然覺得自己在是非門面前變得格外渺小。

如果不是有這些副門存在，約束擁有各樣神權的神祇，每位神早就無拘無束地跨到塵世去作威作福。

天庭的副門，是絕對的限制，一旦做出決定，就沒有所謂的上訴或改判。

阿爺不知不覺瞇起雙眼，雙肩好像變得莫名沉重。

宛若是響應迎春的話與阿爺的反應，是非門徐徐地開啓一道縫，裡頭如雷射投影般，映出幾個與城隍紅光相同的紅字……

可有話想解釋？

「有。」阿爺重聲道。

「不過是狡辯而已。」迎春冷哼。

「關於城隍控訴我濫用神權，導致歐陽死、嚴家滅，我只有一句話想說……」

「在是非門前早點懺悔認錯，可換得較輕的……」迎春勸道。

「我沒用過神權。」

「……」現場三位城隍呆住，旋即猜測阿爺已是窮途末路，開始胡說八道。

「從頭到尾我都沒用過神權，何來濫用之說？」阿爺坦蕩蕩，「既然我沒用過神權，歐陽死、嚴家滅，自然與我無關。」

「說謊！」迎春氣壞了，「如果不是財神神權的力量，彩券會這麼巧剛好中獎？」

「的確不可能這麼巧。」阿爺坦承。

「看吧。」

「因爲根本就沒有中獎。」

「……你、你是神智不清了嗎？」

「沒有彩券中獎是由律師通知的。」

迎春全身繃緊，手上的劍在顫動，怒道：「那ＡＴＭ會突然壞掉吐鈔？如果不是神權干涉，怎麼可能會發生？」

「的確是神權。」阿爺再坦承。

「哼，你願意承認就好。」

「但，不是我的神權。」阿爺輕輕搖頭。

「混蛋！」迎春高舉起劍就想去砍這可惡的混蛋，卻被兩位同事先一步架住，

「跟在歐陽身邊的神只有我們，難道會是我做的嗎？」

阿爺用看待朽木的眼神瞥了過去的學生一眼，失望道：「妳一直沒注意到一位極其關鍵的人。」

「你說啊，是誰？」

「芬芬。」

「……芬芬？」

「芬芬是歐陽的女友，彼此相愛相知，可惜芬芬的家境太好，父親看不上讀醫學院的歐陽，更別說是後來進監獄的歐陽了。」阿爺說起不爲人知的故事，「兩人被迫分手，芬芬對歐陽滿是虧欠，下定決心離家出走，想盡辦法要彌補歐陽。」

「……」迎春漸漸冷靜下來。

「歐陽痛恨父親拖累母親、拖累這個家，極度抗拒自己跟父親一樣拖芬芬下水……妳可以說是他無謂的自尊心作祟，也可以說是他對父親的恨意衍化成這種扭曲的情緒，歐陽越愛芬芬就會離芬芬越遠。」

「這個……太奇怪了。」

「芬芬無計可施，只好用迂迴到可笑的方式去彌補歐陽，她印製一張假的彩券，再使用母親替自己存的基金，打算將幾千萬的錢一股腦送進嚴家，才會出現律師主動通知中獎的荒唐情況發生。」

「就沒人發現不對勁嗎？」

「試問，誰知道歐陽與芬芬的牽絆？誰中過頭獎？誰有中獎的經驗？況且在這麼龐大的金額面前，又有誰會注意到這些小細節？」阿爺早就清楚在錢之前，人的五感與智商都會退化。

「……」迎春愕然，嘴唇在抽搐，不願信也不甘心。

「總之，彩券中獎與我無關。」

「還有ＡＴＭ！」

「好吧，後來芬芬得知嚴奶奶積欠醫院許多錢，就跑到住家附近的銀行ＡＴＭ提款，想要先替歐陽繳交醫藥費，但是眾所皆知，千金小姐幾乎都常識不足，眞以爲隨隨便便按幾個鍵就能提個七位數字出來……結果她亂按一通，連一張鈔票都沒取出，悻悻然地放棄回家。」

「然後呢？這跟歐陽有什麼關係？」

「歐陽就緊接在她之後，使用了那台ＡＴＭ……」

「……」

「意外吧？」

「這……怎、怎麼可能。」

「那台ＡＴＭ突然恢復正常，把前面芬芬原本要提領的錢，全部嘩啦嘩啦地噴出來。」阿爺認眞地說：「這也解釋，爲什麼吐出的金額，正好是歐陽想要的。」

「這太不合理了，那可是ＡＴＭ，有多少保護機制，更何況提領的金額有上限。」迎春的臉色變得很難看。

「妳說的對，是有神爲因素。」

「必定是你！」

「是窮神，跟著芬芬的窮神。」

「窮、窮神？怎麼可能？不……這太巧了。」

「一點都不巧。」

「……太、太荒誕了，哪有這種事。」迎春完全無法接受，「你滿嘴謊言編造出的故事，根本沒有人會相信！」

「如果不信，那就請是非門詢問掌管窮神的『二白門』，那個窮神叫作『千屈菜』，這一次芬芬的損失可是她的業績之一。」

「我說與我無關，就是與我無關。」阿爺大聲道，堂堂正正。

下一秒，他身上的紅光枷鎖全數消失，是非門與二白門的溝通不過是眨眼之間。雖然最終判決未出，但是非門已經表態，並且正在詢問掌控死神的「無生門」，想透過帶走歐陽、嚴奶奶亡魂的死神確認更多細節，再詢問掌控財神的「五福門」，想知道阿爺的結緣與業績狀況……數道副門都收到查詢的請託。

「不可能！」

得到的回應，皆是證明阿爺沒有說謊。

阿爺傲然站起，將領帶纏在脖子上，一張娃娃臉似笑非笑，看著前任學生。

「我明明親眼見到你與歐陽、憨支結緣，百分之百肯定有！」迎春反駁。

「我就隨便比幾個動作，也就妳這個小笨蛋相信。」阿爺歪著頭，感嘆道：「仔細回想一下在育幼院，我是怎麼使用神權的，不就一目瞭然嗎？」

「……」迎春張大嘴，顫聲道：「是金光……你沒給歐陽與憨支金光。」

「所以我才說，妳根本什麼都不懂，太天真了。」

「我……」

「身為城隍卻發生這樣的失誤，其實原因很簡單……這麼多年來，城隍只盯著神，而神卻是在第一線注視著人。」

「你、你這個……」迎春已經快說不出話，眼角噙著淚珠。

「城隍根本就不懂人，完全不食人間煙火……打著愛、打著幸福的旗號，然後呢，沒有然後。」

「……」

「歐陽是個孝子，也絕對是個好人，可是每當選擇出現時，總是選擇了錯誤方向。他放棄讀書，選擇進入黑社會；他放棄求助，選擇自己揹債；他放棄遠離那筆橫財，選擇將錢放進登山包……他放棄，他選擇，他放棄，他選擇，然後走到這個結局。」

「……」

「結果，把責任推給了神。」阿爺失笑。

「……」迎春無話可說，可倔強的神情表示自己不認同。

「不努力工作，責怪窮神上身，賭博散盡家產，怪財神沒有庇佑，遭遇到挫折，咒天罵神就是沒檢討過自己，沒看清楚自己的本性。」

「我就不信，歐陽與嚴家的悲劇，都沒有你的因素。」

「人看得多了，信眾接觸多了，妳就會明白……我們僅是冷眼旁觀者。」身爲財神，阿爺說出心中所感，不知不覺收起笑容，「這個世界沒有神，真的沒有。」

彷彿千百年來擔任財神的光陰，都濃縮成「此世無神」這句話，再也說不出更多的心得，沒有第二種更刻骨銘心的想法。

天庭之前，無數的神來來去去，有些喧囂雜亂，唯獨是非門前死一般的靜默。

「如果沒事，我打算回去工作了。」阿爺拍拍膝蓋的塵。

是非門似乎沒打算讓他輕易離去，迅速地打開門扇，從裡頭一片混沌漆黑中，投射出幾個雄勁大字。

方士爺雖曰不知歐陽與憨支兄弟之情會如此脆弱，可方士爺介入塵世碰撞歐陽是事實，加速他們反目成仇亦是事實，後續諸多果報不論，就此因果需罪神承擔

夏迎春身為城隍，本該洞燭機先、洞見觀瞻，卻只見表面，不解內裡，讓城隍之職蒙羞，故，令夏迎春繼續成為財神見習，隨方士爺入塵世磨練，為期百年

「呿……」阿爺暗啐了一聲。

「什麼!?」阿爺與迎春異口同聲。

「我不要，這不公平啦！」迎春急得跺腳。

「靠，這根本是在懲罰我吧。」阿爺吐了口口水，像踩到狗大便，「有夠倒楣！」

「我才倒楣！」迎春駁斥。

是非門投射出更多的字。

種其因者，須食其果，這也是對方士爺的懲罰

「這牽扯到財神的相關機密，怎麼能隨便讓一個小妹妹插手，就算我同意，但是財神的……」

五福門認為方士爺之性情過分極端，已經欣然認同

「馬的……這個老賊門。」阿爺暗罵一聲，腦袋轉得飛快，努力想脫困此局之法。

「喂，等等，你說誰是小妹妹啊！」迎春非常不樂意，「你給我解釋清楚！」

「沒空！」

阿爺迅速地轉過頭來看向讀者，臉色難看地說：「這下子麻煩大了，如果我帶著一個拖油瓶在身邊，做很多事情都不方便，說眞的，你們也不想看到她吧？原本我只想證明她的無知，沒有想過要陪小妹妹玩一百年，我又不是幼稚園老師，這種工作承擔不起啦。不行不行不行不行，現在還不能放棄，我得開出一個嚴苛的條件，讓是非門收回成命。」

「這種處置本身就不合理！」阿爺回過頭，爭取自己的權利，「這就像是逼迫一個健康的人，包著成人紙尿布工作一樣，除了自尊心受挫之外，工作效率也會大幅降低，危及業績。」

「誰是成人紙尿布！你再說一次看看！」迎春大聲嚷嚷，手中的劍亂揮，還好有兩名同事架住。

「況且，成人紙尿布至少不會背叛，也不會背後打小報告。」阿爺沉痛道：「我眞的沒有辦法在這麼險惡的環境下工作。」

既然是財神見習，即是真的財神見習，夏迎春即刻拔除城隍神權，百年之內，不得透過任何方式，對任何副門報告有關方士爺之消息

「……」阿爺傻了，沒想到是非門能做出這麼大的讓步。

「我要抗議，這個不公平！」迎春不依。

「我也要抗議，這個不公平！」阿爺也不依。

滚

這是，是非門投射出的最後一個字。

第2.3章

魏死神

天庭地界，眾神市集。

抬起頭，還能遠遠地看見那道卡在天地間的宏偉巨門，這裡仍屬天庭的範圍。

從不知道多久以前，各路神明回天庭辦事時的歇腳處隨著光陰流逝逐漸變化，就發展成一個簡單的小市集，交易的主要貨幣是福報，一些不務正業的神祇，會在這販賣自己的所有物。

一眼望去，這裡像無邊無際的公園，零零落落的樹木植栽，種在無邊無際的草皮，隨便找個地方坐下，就自成一張牌桌、一家商店、一棟旅舍，甚至是一方天地。

有的神在聊天，彼此百年未見，有數不盡的談資；有的神在買賣，彼此吆喝議價，有喬不定的爭執……眾神市集，匯集眾神，更多的是對塵世感到疲倦與厭惡，情願躺在草皮上發呆，形成了職業怠惰。

阿爺難得放縱自己買了一杯酒，一路走到一棵櫻花樹下。

迎春臭著臉，還沒有辦法接受是非門的判決，身爲城隍最大的職責就是找出每個禍亂人間的罪神，將其押至是非門前獲得應有的懲罰，自己何錯之有？

即便阿爺沒濫用過神權，但邪惡之心昭然若揭，這次不過是手腳乾淨僥倖逃脫罷了，下次必定會露出破綻。沒想是非門老年痴呆，竟懲罰自己跟在罪神屁股後學習。

備感委屈的迎春要不是因爲阿爺在前面，早就痛哭失聲，咒罵天地不仁。

「幹幹幹！我到底是做錯了什麼，要遭受這般殘酷的折磨，蒼天吶！」阿爺爆出一大串粗口，頭一直狂撞櫻花樹自殘，粉紅色的落花如雨，無比美麗的畫面。

「……」迎春翻著白眼。

「爲什麼要這樣對我？爲什麼！」

「我都還沒抱怨，你是憑什麼大呼小叫？」

附近的神紛紛走避，深怕神經病會傳染，只剩下不遠處有團黑色的身影佇足。

「爲什麼這老賊門要派個移動的核子污染源來摧毀我？不如直接用天雷讓我元神俱滅算了。」

「你才是核子污染源！」迎春聽不下去。

「妳可以隨便打探，哪個神對城隍不是惟恐避之不及？」

「沒做錯事又何必怕城隍！」

「善良之人碰上核子污染一樣會畸形突變的，好嗎？」

「不准再說我是污染，也不准說是成人紙尿布！」迎春快氣壞了。

「遭遇這種橫禍，我還不能抱怨一下？」阿爺很難接受。

「你不准抱怨！」

「妳是哪來的流氓嗎？」

「遇到這種冤屈，明明是我吃了大虧，你憑什麼擺出不甘願的樣子！」

「行，那我們分道揚鑣，妳走妳的排泄物下水道，我過我的獨木橋。」阿爺扭頭就走。

「是陽關道！你才給我走髒死人的排泄物下水道。」迎春跟了上去。

「妳不要再跟了喔。」

「憑什麼？」

「妳到底講不講道理？」

「不講，我絕對不會讓你如願，我要一直跟你跟到天涯海角，把你的一舉一動統統記錄下來，就連口出惡言、亂丟垃圾這種小事也全數記住，等到百年之後恢復城隍神權，必定將你繩之以法。」迎春咬著嘴唇。

「……哪來的神經病。」阿爺目瞪口呆。

「咳咳，抱歉。」跟在他們後面的黑色身影走過來，拱手道：「打擾兩位打情罵俏，只是我有要事……」

「誰會跟他打情罵俏啊！」迎春無法接受，氣急敗壞。

「老魏，我們數百年的交情，你怎能用如此不堪惡毒的言語詛咒我。」阿爺無法相信。

「踢死你！」迎春直接動腳。

阿爺屁股中招，但沒再理會，逕自搭著老魏的肩向前走。

老魏身爲塵世生人最忌憚的死神，卻是一臉好好先生的模樣，只要把周身濃密、壓抑、不祥的黑色霧光去掉，他就跟年近四十卻永遠升不上去的小上班族一樣，愁眉苦臉的，深怕沒拍好上司馬屁就會失業。

「你欠我的福報，何時要還……」老魏問。

「再給我點時間。」阿爺陪笑。

「這次你要我拘著亡魂不走，硬是拖到了礟婦身亡，才讓他們母子一同上路。」

「別，別再說了，這你我知道就好。」

「我是不知道你爲何要拜託我這樣做，我只知道無生門以爲我偷懶怠工，狠狠地罵了十幾分鐘……你懂帶有髒字的光，每秒噴出十幾字在臉上的那種屈辱感嗎？」

「……辛苦了，老魏。」

「請給我實質的補償……」

「被光噴，畢竟是不會痛的嘛。」

「我是心靈受創。」

「太誇張了吧。」

「話可不是這麼說……」

一名財神與一名死神就這樣討價還價越走越遠。

「原來前輩……」只剩迎春停下腳步，望著阿爺的背影與屁股上的嶄新鞋印，雙眼的瞳孔逐漸失去焦距，陷入一種特別的思緒，原先憤怒的情緒緩緩散去，若有所思，粉色的短髮飛揚，與飄落的櫻花花瓣幾乎融爲一體。

直到阿爺的背影消失，仍沒有移動腳步。

第2.6章
千窮神

內壢樂園。

曾經是每個小孩子心中的天堂，根據統計，全台灣的國、中小學有百分之六十五的比例，校外教學或畢業旅行會將此地安排進行程，可見其輝煌的程度。

遊樂園裡面，標準配備的摩天輪、雲霄飛車、旋轉木馬……並不稀奇，其中最出名的設施是「鬼屋」。

演員賣力深刻的演出，不寒而慄的特殊裝潢，以當時看來相當先進的聲光設備，一起共構成最引人矚目的鬼屋，連外國觀光客都曾組團聞風而來，進入闖關挑戰。

只可惜，在十五年前，因為同業競爭逐漸激烈，內壢樂園的設施沒有跟上時代的腳步，原本逼真恐怖的鬼屋，變成令人出戲的喜劇劇場，入園遊客量節節衰退，最後不幸倒閉收場。

內壢樂園陷入產權與債權的糾紛，官司一打就是十五年的時間，原址無人可介入處理，漸漸荒煙蔓草，慢慢殘破敗舊，出現許多鬧鬼的可怕傳言，再也沒有活人敢冒險進入……

直到今日。

小菜一如慣例呆坐在鬼屋的入口，透過幾乎蓋住半張臉的劉海凝視著夕日殘紅，環繞在身邊的灰色光環，宛若一圈永不散去的霾，導致空氣看起來都灰濛濛的，她所坐之處髒兮兮的。

「是、是阿爺……」她抬抬眼皮。

「嗨。」徐徐走來的阿爺揮手招呼。

「你好，妳也好。」小菜回禮，對於後方跟來的迎春稍稍感到畏懼。

「替妳們介紹一下，這位是『春日降生、不食人間煙火者、下水道女王、神憎鬼厭、自以爲正義守護者、被是非門遺棄的城隍、跟屁蟲之母、誣告之王，財神見習』的夏迎春，這位是人稱『超無聊窮神』的千屈菜小姐。」

「不要隨便替我編一些無聊的綽號！」迎春瞪了他一眼。

「我……我這邊是眞的很無聊……」小菜乾笑幾聲，有幾分苦澀。

「不會啊，來這是挺有趣的……嗯，有趣。」阿爺環視周圍的敗破，當眞無聊到有些詞窮。

「阿爺有何貴幹可以直說，然後趕緊離開這不祥之地吧。」

「我們就是來逛逛的嘛，順便探望妳過得好不好，呵呵。」

「阿爺……不用騙我。」小菜撥開遮住半張臉的長劉海，一雙圓潤但灰濛的大眼眨呀眨，「你幫助我這個無用的窮神，介紹了兩個案子緩解業績壓力，無論怎樣的忙我都會幫的。」

「兩個？」迎春插嘴問。

「其實，我是想問問『楊芬芬』的事。」阿爺也插話，收起一向嘻嘻哈哈的態度，格外認眞。

「爲什麼想問？」小菜略微詫異。

「因爲……」

第2.9章
楊氏千金，之前

林口醫院，地下街，咖啡廳。

外觀看來，與百貨公司的地下街沒什麼不同，無論是輕鬆的氣氛或琳琅滿目的店面。可是又能很明顯感受到醫院的地下街與百貨公司的地下街有著差異，畢竟大部分的顧客不是白袍、白衫，就是患者在穿的病人服，一眼望去，綠綠白白。

位於長條走廊的轉角，永遠播放著優雅的古典音樂，沒有太多刻意的裝潢，整體圍繞著令人安詳的氣氛，在這棟龐大且充滿生離死別的建築中，這裡是難得能拋開生死的地方。

著白袍的醫生、護理師會找個位子，點上一杯喝慣的飲品，逃避一些工作上的壓力，耗掉珍貴的休息時間；而穿綠色病人袍的病患則是跟家屬或朋友，選擇四人以上的方桌，討論一下病情，順便抱怨藥太苦、針太痛。

「妳……能不能借我計程車錢？」芬芬一坐下，喘著氣就拿起桌上的冰咖啡一口氣飲畢。

「喂，這是我點的咖啡。」翠杉睜大眼，自己才喝幾口。

「抱歉，剛剛發生一些事。」

「是什麼事能讓妳偷我的咖啡，還跟我借錢？不要以為我看不出來，妳身上這套……看似樸素，但比我的月薪還貴吧。」

「不知道，這是管家買的。」芬芬的喘息漸平。

「當初我看妳是富家千金，想說有油水可撈才跟妳當朋友的，現在還跟我這種窮鬼借錢，沒門，休想。」翠杉還是想到什麼就說什麼，不婉轉、不掩飾。

芬芬當然知道當初彼此認識的過程，沒理會翠杉的胡扯，解釋道：「我之前車停路邊莫名其妙被撞第三次，不得不回原廠修，今天早上我想說隨便買輛車代步，結果剛剛想買個甜點要來犒賞妳，車子就被偷開走了。」

「……」

「我的卡都在車上，手上只有買甜點的幾張鈔票，搭個計程車過來就沒了，還不小心遲到，抱歉啦。」

「妳的人生總是這麼離譜嗎？」

「是啊，爸爸一直罵我是敗家女……但我總是很倒楣。」

芬芬抬起頭，雙眼中仍藏著遺憾，「任何我珍視的、我擁有的，最終都會失去，無一例外。」

翠杉聽見「失去」這兩個字，像是被感染一般，胸口變得好悶，嗔道：「好啦、好啦，借妳車錢就是了，說得這麼悲情幹嘛。」

「我可是有一大串弄壞、弄丟東西的經驗。」芬芬一邊喚來服務生點咖啡，一邊笑著說：「有沒有跟妳說過，我媽曾在陽明山買一棟小別墅讓我讀書，結果被天燈整個燒掉的故事？」

「別再說這些讓我不知道是該惋惜還是該羨慕的事，拜託。」

「好。」

「而且，我查了幾則新聞才發現，妳真的是個災星，災到我一時之間不知道該從何說起，啊，就從妳偽造彩券說起……」

「沒辦法，我只想到這個辦法能塞一大筆錢給歐陽，他擅自跟我分手，切斷所有聯繫，就連假彩券都是偷塞的。」

「除了錢妳就沒別的辦法幫忙嗎？」

「我只有錢啊。」芬芬無奈地說。

「……好想打妳。」翠杉更無奈。

「錢如果不趕快花掉，沒過多久就會遇到倒楣的事。」

「那都給我。」

「可以。」

「……」

「我是說眞的，反正不給妳，也是捐給慈善單位。」

「不了，我突然想到妳的錢有詛咒。」翠杉扳著手指開始數，「妳僞裝成獎金的錢，最後讓嚴奶奶的兒子們骨肉相殘。」

「對、對不起……我眞的沒想到最後會變成這樣。」芬芬自然也有看過這則轟動的新聞。

「再來，妳原本想替嚴奶奶繳清醫藥費，卻讓ＡＴＭ出現難得一見的故障，後面導致歐陽……」翠杉一滯，發現自己說話直得過頭了。

「沒關係，我知道。」芬芬眞的不在意，已經麻木。

「抱歉，這眞的跟妳無關，歐陽如果不當詐騙集團的車手也不會遇到這種事。」

「他會淪落到去做犯法的事，也是我害的……我們之間存在這一個詛咒的迴圈，早就釐不清了。」

「孽緣……」

「不，遇見他是我唯一算得上幸福的事。」

「……」翠杉原本還想說些勸慰的話，可是一見到芬芬的神情，就知道無論想出多別出心裁、多激勵人心的句子，在此刻，都是風涼話。

芬芬的五官與語氣中並沒有過度的情緒，這代表兩種可能，一種是歐陽的死其實影響不大，一種是她已經生無可戀，對任何事都不在意，下定決心打算去做某件事，縱使翠杉不願多想，但也猜得出是什麼，頓時心臟跳得很快。

「欸，明天我想去妳家坐坐。」

「我家？爲什……」

芬芬話說到一半，一旁端咖啡過來的服務生忽然一個踉蹌，餐盤上面的咖啡直接潑灑向芬芬，一身的衣服可以說是全毀。

服務生慌張地不停道歉，連店內經理都抓著兩包面紙趕來，倒是芬芬始終保持微笑，自己擦拭著胸口，彷彿已經遭遇過無數次。

「欸，再借我錢買一套衣服。」

「……可怕，太可怕。」

翠杉呆若木雞。

□

山中小廟。

就算是社會矚目的慘地，在時間的平撫之下也能恢復原狀。

歐陽的血跡被幾場大雨沖刷殆盡，那沾有腦漿的落葉已經腐化成土，財神廟還是財神廟，刑案現場卻不再是刑案現場，當拉起的封鎖線自然地落地被風颳走，就還給了古老廟埕一個清靜。

但是，對芬芬來說，時間無法平撫心上那道巨大的傷口，也無法帶給她任何平靜，只能讓恨意沉澱得更深，漸漸釀成不顧一切都要替歐陽復仇的執念。

她重回歐陽的死地，沒有哭，沒有多餘的情緒波動，畢竟自己已經哭夠了，不能再發生哭到暈厥的狀況，現在只有一個目標，找到殺死歐陽的真凶。

可惜芬芬就是個逃家的千金小姐，惡補幾本偵探小說也不可能變成真的偵探，她在廟埕搜尋許久，沒有找到什麼可疑的事物，一直待到天都黑了仍不肯走。

坐在正殿內的阿爺與迎春當然看著她的一舉一動，僅僅是看，沒多餘的動作。

「靠，完了。」阿爺突然一拍自己大腿，神色不安。

「你不要動不動就發出怪叫，到底在幹嘛啊？」迎春眞的很受不了。

阿爺沒有理她，自顧自雙手合十，虔誠地說：「求西天眾佛、求宇宙主宰保佑，拜託、拜託。」

「你自己就身爲神祇，還……眞是不要臉！」迎春見了只想往他的肚子捶下去，抬起手。

「喂，妳想以下犯上？」阿爺悲從中來，「想當初，妳是那樣嬌羞可人，一口一個前輩是多有禮貌、多麼甜美，現在呢？不是踢，就是打！」

「那不過是臥底的演技罷了。」

「把臥底的可愛迎春還給我。」

「沒有這種東西！」

在他們鬥嘴之際，疲憊的芬芬已經走進正殿，看見放於防彈玻璃櫃的財神雕像，趕緊上前尊敬地打聲招呼。

「等等，不用了，千萬不要！」阿爺對著距離自己不過兩公尺的信徒大喊。

「你爲什麼要一直大驚小怪？只不過是一般的問安而已。」

「去別的地方問，千萬不要問我！」

「你為何……等等……」迎春似乎也想到什麼了，整張俏臉凝結。

「不要，拜託妳行行好，不要過來啊！」阿爺長吁短嘆。

「對！不行開口，芬芬，妳別……」迎春也跟著呼喊。

但他們位於不同的世界線，喊再大聲聲音也傳不過去。

芬芬雙腳跪在神像前，態度誠懇地對財神禱告，「財神爺爺您好，我們也不是第一次見面了吧，過去他曾帶我來這幾次，代表他非常信仰您。如今，很不幸殺人凶手就在您的家作惡，相信您一定會保佑我順利替他復仇吧。」

「……」阿爺與迎春屏氣凝神聆聽，不發一語。

「我知道您是財神爺，大概只能保佑信眾財源滾滾，可是錢非萬能，我不在意錢……無論用掉多少力量與資源，我一定會替他報仇的。您不用費心加持我沒關係，只要像這樣聽我說說話就夠了，感謝，真的很感謝。」

一聽見「錢非萬能」、「我不在意錢」這幾個字，迎春旋即倒抽一口冷氣，想起歐陽與憨支在財神像前說的話，像是某種看不見的因果迴圈，正在咖咖咖地轉動。

「沒辦法了……」

「方士爺！」迎春急喊。

「這……不能怪我了。」阿爺緩緩閉上眼睛，嘴角卻不禁洋溢起幸福的笑。

「不過……如果連這樣殘殺他的凶手都無法受到制裁。」

芬芬謙卑地叩首。

「那神，果然是不存在的吧。」

《超惡意財神 1》完

國家圖書館出版品預行編目資料

超惡意財神 / 林明亞 著.——初版.——
台北市：蓋亞文化，2019.12
面；　公分.——
ISBN　978-986-319-456-9(第1冊：平裝)

863.57　　108019948

ST009

超惡意財神 1

作　　者　林明亞
封面插畫　小G瑋
封面設計　莊謹銘
責任編輯　盧琬萱
總 編 輯　沈育如
發 行 人　陳常智
出 版 社　蓋亞文化有限公司
地址：台北市103大同區承德路二段75巷35號1樓
電話：02-2558-5438　　傳眞：02-2558-5439
電子信箱：gaea@gaeabooks.com.tw
投稿信箱：editor@gaeabooks.com.tw
郵撥帳號 19769541　戶名：蓋亞文化有限公司
法律顧問　宇達經貿法律事務所
總 經 銷　聯合發行股份有限公司
地址：新北市新店區寶橋路二三五巷六弄六號二樓
電話：02-2917-8022　　傳眞：02-2915-6275
港澳地區　一代匯集
地址：九龍旺角塘尾道64號龍駒企業大廈10樓B&D室
電話：+852-2783-8102　　傳眞：+852-2396-0050
初版一刷　2019年12月
定　　價　新台幣 240 元
Published and printed in Taiwan

ISBN 978-986-319-456-9

GAEA

GAEA